Storchenblut

Günter Schäfer

Der Inhalt dieses Buches ist in allen Teilen urheberrechtlich geschützt. Jede Verwertung außerhalb des Urheberrechtsgesetzes ist ohne ausdrückliche Genehmigung des Autors unzulässig und strafbar. Dies gilt sowohl für Vervielfältigungen, Übersetzungen, Verfilmungen, sowie für die Speicherung und Verarbeitung in elektronischen Systemen.

Alle Rechte vorbehalten.
© 2024 Günter Schäfer
www.donau-ries-krimi.de
Storch im Cover: Designed by freepik.com

Verlag: BoD · Books on Demand GmbH, In de Tarpen 42, 22848 Norderstedt

Druck: Libri Plureos GmbH, Friedensallee 273, 22763 Hamburg

ISBN: 978-3-7597-3638-3

Der neue Fall aus dem Donau-Ries führt das Augsburger Ermittlerteam diesmal in die Storchenstadt Oettingen. Oder ist es eher die Bierstadt Oettingen? Eventuell könnte man ja beides kombinieren, aber gäbe das nicht Verwirrungen?

Naja, wie auch immer. Meine Testleserinnen werden dies vorab prüfen, wofür ich mich auch diesmal wieder ganz herzlich bei Gabi und besonders bei Angelika bedanke, die mal wieder eine zündende Idee hatte, wodurch das Storchenblut in die Dose kam.

1. Kapitel

Trotz der gekippten Fenster empfand der Mann auf dem Stuhl, der an einem kleinen Tisch einige Meter vor dem Platz des Richtertisches stand, die Luft im Sitzungssaal so, als könnte man sie mit dem Messer schneiden. Es herrschte im wahrsten Sinne des Wortes dicke Luft am Augsburger Landgericht. Das öffentliche Interesse an diesem Fall überstieg die Kapazität der verfügbaren Zuschauerplätze, die bis auf den letzten Sitz belegt waren.

Der leitende Augsburger Oberstaatsanwalt Frank Berger hatte zu Beginn des Prozesses die über mehrere Seiten umfassende Anklageschrift verlesen, welche er zunächst durch verschiedene Gutachten, sowie weitere Beweismittel im Nachgang belegte. Die Personen, die man während des Prozesses als Zeugen vernommen hatte, hielten sich nun ebenfalls im Saal auf. Ihre Aussagen gaben den Verteidigern kaum die Möglichkeit, einen allzu großen Ermessungsspielraum im Strafmaß darzulegen.

Die vorsitzende Richterin, neben der sich auch zwei ehrenamtliche Schöffen und eine weitere Person zur Protokollerfassung befanden, betrachtete einige Augenblicke lang den Angeklagten, der unter anderem des Kapitalverbrechens beschuldigt wurde.

Der Prozess hatte sich über mehrere Verhandlungstage hingezogen und letztendlich schien die Lage völlig klar zu sein. An der Schuld des Angeklagten gab es keinen Zweifel, auch wenn die komplette Aufarbeitung der Folgen, vor allem für Angehörige, wohl noch längere Zeit in Anspruch nehmen würde. Doch hier ging es zunächst darum, den Hauptschuldigen seiner gerechten Strafe zuzuführen, auch wenn sich dieser während des gesamten Prozesses kaum zu den Vorwürfen geäußert hatte.

Wer hätte gedacht, dass sich in der nordschwäbischen Kleinstadt Oettingen im Landkreis Donau-Ries eines Tages eine Tragödie dieses Ausmaßes zutragen würde? War es Langeweile? War es jugendlicher Übermut? Oder nahmen die immer schon bekannten Auslöser Geltungssucht, Gier und Rache die vorderen Plätze als Auslöser für Straftaten ein? Die Antwort lag wohl irgendwo in der Mitte und es spielte von allem etwas eine Rolle.

Das Geschehen bot natürlich auch seit Tagen die Möglichkeit für Presse, Funk und Fernsehen, ihre Leser, Zuhörer und Zuschauer mit sensationsträchtigen Schlagwörtern auf dem Laufenden zu halten.

Als letzter Punkt vor der Urteilsverkündung wurde nun dem Angeklagte die Möglichkeit gegeben, zu den Vorwürfen, den Zeugenaussagen und den Plädoyers von Staatsanwaltschaft und seinen Verteidigern Stellung zu nehmen. Wider Erwarten bat er um eine kurze Zeit zum Nachdenken und somit gab die vorsitzende Richterin einer Unterbrechung der Verhandlung statt. Manche der aus Oettingen angereisten Besucherinnen und Besuchern im Saal hatten die Erinnerungen an die schrecklichen Tage in ihrer Stadt vor Augen.

Was war geschehen?

2. Kapitel

Die Versammlung im Oettinger Rathaus endete am Freitagabend in einer hitzigen Diskussion. Der letzte Punkt auf der Tagesordnung betraf eine mögliche Neuausrichtung des kulturellen Gesamtbildes des Ortes in der Öffentlichkeit, vor allem auch über die Stadtgrenzen hinaus. Man habe zwar bereits ein paar Dinge in Angriff genommen, so zum Beispiel die Neubenennung der traditionellen Wanderwege, aber alles in allem sei Oettingen noch zu sehr auf musikalische Veranstaltungen fokussiert. Die Konzerte im Residenzschloss des Fürsten zu Oettingen-Spielberg seien zwar ein jährliches Highlight, ziehen aber fast ausschließlich die Freunde der klassischen Musik an.

Dass eben dieses Schloss vor fast drei Jahren in der Weihnachtszeit Schauplatz eines Münchener Tatorts war, stelle heute auch kein allzu großartiges Ereignis mehr dar, da vor allem die Meinung der Zuschauer darüber doch eher etwas dürftig ausgefallen war.

„Wir benötigen zusätzlich zu unserem Residenzschloss ein neues, markantes Darstellungsmerkmal, das unser Oettingen auch über die Stadt- und Landesgrenzen hinaus für eine vielschichtige Gesellschaft interessant macht", bemerkte Frank Moritz, der Oettinger Bürgermeister.

„Das haben wir bereits seit vielen Jahren, Herr Kollege", kam die Erwiderung aus den Reihen der Opposition. „Denken sie doch nur an die Marke Original Oettinger. Weltweit bekannt und für unseren Stadtsäckel unverzichtbar. Wie würde unser Finanzhaushalt ohne diesen entscheidenden Beitrag an Gewerbesteuern aussehen? Und das Argument mit dem markanten Merkmal wäre auch beantwortet.

Den Begriff Marke kann man beispielsweise aus dem Französischen ableiten, was dort so viel wie Kennzeichen oder Erkennungszeichen bedeutet. Man könnte markant auch mit ausgezeichnet oder hervorragend übersetzen."

Durch einen kurzen Blick in die Runde der Anwesenden versuchte der Sprecher, sich die Anerkennung für sein Wissen zu holen, bevor er abschließend noch hinzufügte: „Wie sie sehen, meine Damen und Herren, haben wir mit unserem Oettinger Bier ein hervorragendes Erkennungszeichen für unsere Stadt, welches durch den Export der Brauerei auch noch kostenlos für uns in aller Herren Länder verbreitet wird."

Die Ausführungen erhielten reichlich Zustimmung durch Applaus und Tischklopfen, während durch die Mitglieder der Koalition natürlich umgehend entsprechende Bedenken angeführt wurden.

„Auf Grund ihrer Argumentationen könnte man doch glatt der Meinung sein, dass sie am Umsatz der Brauerei beteiligt werden", führte ein Mitglied des Stadtrats an, wodurch er sogleich einige Lacher auf sein Konto verbuchen konnte, jedoch entsprechende Unmutsbekundungen aus den anderen Reihen hervorrief. Bevor es allerdings zu verbalen Entgleisungen kam, erhob sich der Bürgermeister.

„Meine Damen und Herren, bitte", rief er in die Runde der anwesenden Mitglieder. „Lassen sie uns doch sachlich bleiben. Es ist hier niemandem geholfen, wenn wir uns irgendwelche Dinge an den Kopf werfen, die uns letztendlich keinen Schritt weiterbringen."

„Dann sollten sie uns vielleicht mal einen konstruktiven Vorschlag auf den Tisch legen, anstatt nur zu lamentieren, Herr Moritz", kam umgehend die Aufforderung an den Oettinger Bürgermeister. Als hätte er nur darauf gewartet, erhob sich dieser von seinem Platz und startete eine Präsentation, um seine Sichtweise darzustellen.

„Ich sehe uns leider immer etwas im Nachteil, wenn ich aus der Bevölkerung Stimmen vernehme, die unsere Stadt mit Nördlingen vergleichen", begann Frank Moritz seine Rede. „Wobei ich unumwunden zugeben muss, dass die Nördlinger im kulturellen Bereich schon ein ganzes Stück besser dastehen als wir in Oettingen. Die Stadtmauer, die Freilichtbühne oder das Rieskratermuseum, um nur einige Beispiele zu nennen."

„Das mag ja sein", kam ein Einwand von einem der anwesenden Stadträte. „Dafür haben wir in Oettingen das bessere Bier, das in unserer ansässigen Brauerei hergestellt wird, die nach wie vor zu den größten in ganz Deutschland zählt. Dagegen sind die Nördlinger eine Nullnummer in der Braulandschaft.

Die Dehlerbrauerei, die Sixenbrauerei, die Ankerbrauerei: alle wurden dichtgemacht. Die haben's einfach nicht drauf mit dem Bier."

„Das kann man so stehenlassen", gab das Oettinger Stadtoberhaupt lächelnd dem Mann recht. „Selbst, wenn die Wallersteiner jetzt das Bier für die Nördlinger brauen. Einer der neuen Braumeister kommt ja aus der Oettinger Brauerei. Dennoch: Riesmetropole an der Romantischen Straße, der UNESCO Geopark, die Astronauten im Steinbruch und jetzt ist der Suevit auch noch zum Gestein des Jahres auserkoren worden. Nicht zu vergessen sind aber auch das Stabenfest, die Mess', das historische Stadtmauerfest…"

„Das zählt nicht als Vorteil", kam umgehend der Einwand. „Wir haben den historischen

Markt, der mindestens genauso gut von den Besuchern angenommen wird. Ein Museum gibt es ebenfalls. Außerdem noch das Afrika-Karibik-Fest in der Nachbarschaft und die Wasserspiele auf der Wörnitz bei der Jakobikirchweih. Die Lasershow war eine besondere Attraktion für die Besucher, auch wenn das diesjährige Feuerwerk kaum zu toppen sein wird."

„Wobei es diesmal für den historischen Markt ganz schön heftige Kritik gab in Bezug auf die Eintrittspreise."

So gaben sich die Stadtratsmitglieder eine ganze Zeitlang dem Für und Wider ihrer Argumentationen hin, bis letztendlich jemand meinte: „Jetzt lasst doch den Bürgermeister erst mal ausreden, damit wir wissen, was er sich vorgestellt hat. Sonst sitzen wir morgen früh immer noch hier."

„Danke, Herr Kollege", ergriff Frank Moritz nun wieder das Wort. „Ich habe mich etwas aus dem Fenster gelehnt, um meinerseits das Thema Tourismus anzustoßen. Es ist mir gelungen, einen bekannten Experten für unser Problem anzuheuern. Er ist studierter Informatiker mit dem Schwerpunkt Stadtmarketing und Tourismus. Er wird mit uns zusammenarbeiten, besser gesagt tut er dies schon seit zwei Wochen und wir werden gemeinsam versuchen, eine erfolgreiche Strategie zu entwickeln."

„Ist das mal wieder so eine ihrer Eigenmächtigkeiten?", kam sofort Gegenwind aus den Reihen der Anwesenden. „Wenn schon weitere, wohl nicht ganz unerhebliche Kosten für Personal entstehen, sollten wir dieses Geld doch nach Möglichkeit für bereits vorhandene Angestellte und deren Projekte verwenden."

„In diesem Punkt kann ich sie nun wirklich beruhigen, meine verehrten Kolleginnen und Kollegen. Herr Richard Claasberg arbeitet ausschließlich auf Erfolgsbasis. Das bedeutet für uns kein finanzielles Risiko, da nur bei einer merklichen Verbesserung durch seine Maßnahmen auch entsprechende Provisionen an ihn fällig werden. Ansonsten sieht das Projekt lediglich Abschlagszahlungen an ihn vor, je nach Fortschritt."

Für diese Nachricht gab es allgemein Zustimmung von Seiten der Stadtratsmitglieder.

„Wie genau sieht denn die Arbeitsweise dieses Herrn Claasberg aus?", wurde nun die Frage gestellt.

„Nachdem er heute Abend leider nicht persönlich hier anwesend sein kann, will ich ihnen kurz sein Konzept erläutern. Herr Claasberg hat eine KI-basierte Software entwickelt, mit welcher er sämtliche sowohl öffentliche, als auch interne Projekte, Berichte, Dokumentationen usw. analysieren wird, um dadurch eventuelle Schwachstellen kenntlich zu machen und so Punkte aufzuzeigen, an denen wir ansetzen können.

„Wir haben auch schon an einem entsprechenden Vorschlag gearbeitet, den ich ihnen nun kurz darlegen möchte. Es gibt außer der Brauerei noch einen wichtigen Aspekt, in dem uns die Nördlinger nicht das Wasser reichen können. Das sind…", der Bürgermeister ließ jetzt in schneller Reihenfolge mehrere Bilder seiner Präsentation durchlaufen, „…unsere Störche, verehrte Kolleginnen und Kollegen. Oettingen beherbergt circa viermal so viele Storchenpaare wie die Nördlinger. Deshalb hier mein Vorschlag für den Slogan einer neuen Werbekampagne: Oettingen, die Storchenmetropole im Donau-Ries."

Das Bild, welches nun zum Abschluss der Präsentation an der Wand zu sehen war, stellte ein Werbelogo dar. „Unschwer zu erkennen, dass es sich hier um einen Braukessel handelt, wie er sich am Kreisverkehr bei der Wörnitzbrücke befindet", erklärte Frank Moritz. „Auf diesem Kessel stelle ich mir ein Nest mit einem Storchenpärchen vor. Damit würden wir unsere beiden markantesten Optionen für die Werbung kombinieren. Dazu gehören Werbebroschüren und natürlich ein passender Internetauftritt. Ein kleines Geschäft mit Andenken würde ebenfalls dazu passen, wie möglicherweise in mehrjährigem Abstand ein Storchenfest."

Erwartungsvoll blickte der Oettinger Bürgermeister in die Runde der Anwesenden, bei denen einerseits Wohlwollen, andererseits jedoch auch Kopfschütteln zu erkennen war.

„Das Storchenfest wird dann durch unseren Bürgermeister eröffnet, indem er ausgestattet mit einem roten Storchenschnabel aus Pappe, auf dem Marktplatz ein Fass Oettinger ansticht."

Dieser Vorschlag zog einiges Gelächter nach sich, welches der Bürgermeister mit erhobenen Händen zu besänftigen versuchte.

„Dies sind, wie schon gesagt, nur erste Überlegungen", erklärte Frank Moritz. „Wir haben uns auch vorgenommen, beispielsweise in den Abschlussklassen des Gymnasiums einen Wettbewerb für ein Werbefilmprojekt auszurufen. Gerade die jungen Leute sind heutzutage doch sehr kreativ, was das Thema Werbung anbelangt, vor allem in der sozialen Medienlandschaft. Da wäre sicherlich eine Zielgruppe zu erreichen.

In der Zwischenzeit habe ich Herrn Claasberg damit beauftragt, diesen Gedanken mit der Kooperation zwischen der Stadt Oettingen und der Brauerei schon einmal den dortigen Verantwortlichen vorzuschlagen, ob von deren Seite generell eine Zusammenarbeit denkbar wäre. Lassen sie sich das Ganze einfach in den nächsten Tagen ebenfalls einmal durch den

Kopf gehen. Eventuell kommen ja weitere Ideen dazu, die uns zu einer gemeinsamen und mehrheitlichen Entscheidung bringen."

„Ob das mit den Störchen wirklich so eine gute Idee ist, wage ich zu bezweifeln", meldete sich nun eine Frau aus den Reihen des Stadtrates. „Einerseits gehören sie zwar seit Jahren untrennbar zu unserer Stadt, andererseits haben sie bereits selbst festgestellt, dass wir langsam aber sicher an eine Grenze des Machbaren stoßen. Immerhin haben wir beinahe fünfzig Storchenpaare gezählt. Auch die Verschmutzung durch den Kot der Tiere ist nicht unerheblich. Es gibt in der Stadt Hausdächer, die inzwischen im Sommer genauso weiß sind wie im Winter.

Auch manche Bewohner sind schon verärgert. Kürzlich stand eine Kundin wartend vor meinem Geschäft, als eine nicht unerhebliche Menge an Storchenkot direkt neben ihr auf den Gehsteig platschte. Sie wähnte sich dabei noch im Glück, hatte allerdings nicht bemerkt, dass sie ein Teil der Ausscheidungen am Rücken getroffen hatte, worauf sie erst später durch ihren Sohn aufmerksam gemacht wurde. Wenn diese Situationen sich bei Touristen häufen, sehe ich das eher als Nachteil."

„Das ist sicherlich ein Problem, das man bedenken muss", gab Frank Moritz zu. „Wir sind ja auch dabei, Ausweichplätze für die Storchennester zu finden. Für die betroffenen Hausdächer sind allerdings die Eigentümer verantwortlich, das ist keine Angelegenheit der Stadt. Man kann zum Beispiel mit physikalischen Maßnahmen einen Nestbau verhindern."

„Damit die Innenstadt für Einheimische und Touristen in Zukunft wieder attraktiver wird, läuft ja aktuell noch die Onlinebefragung *Mit euch durch die Stadt*", brachte sich nun der Beauftragte zur Entwicklung der Oettinger Innenstadt ein. „Wir haben in unserer Altstadt zu wenig Anziehungspunkte, kaum noch interessante Einkaufsmöglichkeiten und außerdem mehr Insolvenzmeldungen im Einzelhandel. Hier ist also, nicht nur meiner Meinung nach, äußerst dringender Handlungsbedarf angesagt."

„Richtig", stimmte Moritz zu. „Danke für den Hinweis. Diesen Punkt hätte ich beinahe vergessen. Sie sehen also meine Damen und Herren, es bewegt sich etwas in unserer Region. Ich danke ihnen für die Aufmerksamkeit und die konstruktive Zusammenarbeit. Wir sehen uns bei der nächsten Sitzung."

„Einen Moment noch", meldete sich nun noch eine Frau aus den Reihen der Anwesenden.

„Frau Doktor Wendlinger", sprach der Oettinger Bürgermeister die Tierärztin an. „Ich hoffe jetzt nicht, dass es von ihrer Seite Einwände gegen meinen Vorschlag gibt. Schließlich hätten wir keinesfalls vor, den Tieren irgendeinen Schaden zuzufügen, da sie doch für steigenden Zuwachs in unserem Tourismus sorgen sollen."

„Das glaube ich ihnen aufs Wort, Herr Moritz", antwortete die Veterinärin. „Ich habe jedoch so meine Zweifel. In den letzten Tagen wurde ich bereits zweimal gerufen, um, einmal in der Altstadt und einmal außerhalb, einen verendeten Storch abzuholen. Todesursächlich war in beiden Fällen eine massive Schlagverletzung gegen den Kopf der Tiere, die durch einen Stein oder etwas Ähnliches herbeigeführt wurde. Die Art der Verletzung lässt für mich nur die Schlussfolgerung zu, dass dies vorsätzlich und mutwillig geschehen ist."

Unter den Stadtratsmitgliedern wurden vereinzelte Stimmen laut, doch die Frage des Bürgermeisters ließ die Kolleginnen und Kollegen im Saal gleich wieder verstummen. „Sie wollen uns jetzt aber nicht ernsthaft mitteilen, dass irgendjemand in Oettingen Jagd auf die Störche macht, Frau Doktor Wendlinger?"

„Das ist bisher nur eine Vermutung meinerseits, für die es leider noch keine Beweise gibt Herr Moritz", gab die angesprochene Tierärztin zur Antwort. „Es könnte sich natürlich auch nur um einen dummen Streich von Jugendlichen handeln, der jedoch auch zu ahnden wäre."

„Dann werden wir dafür Sorge tragen, dass in der nächsten Zeit erhöhte Aufmerksamkeit auf die Tiere gerichtet wird", erwiderte das Oettinger Stadtoberhaupt nach kurzem Überlegen. „Wir werden einen entsprechenden

Ausschuss für das Thema *Innenstadt* gründen und ihr Anliegen mit aufnehmen. Ich werde mich persönlich darum kümmern, dass entsprechendes Personal dafür bereitgestellt wird. Vielen Dank, meine Damen und Herren", schloss Frank Moritz damit die Sitzung.

3. Kapitel

Lea-Marie Krasser war im Grunde genommen eine hübsche junge Frau, die kurz vor ihrem Abitur stand. Dass sie trotz ihrem Aussehen und ihren relativ guten schulischen Leistungen Schwierigkeiten im Umgang mit den Mitschülern hatte, lag einerseits an ihrer körperlichen Behinderung, andererseits an der Art und Weise, wie manche junge Menschen miteinander kommunizierten. Bereits im zweiten Jahr, nachdem Lea auf das Gymnasium wechselte, setzten bei ihr die ersten Krankheitssymptome ein. Sie hatte morgens öfters Muskelschmerzen, die manchmal auch in Krämpfen endeten.

Zunächst schob man dies noch auf die Auswirkungen des Erwachsenwerdens, denn Lea überragte mit ihrer Körpergröße fast alle Mädchen in ihrer Altersklasse. Zunächst wurde sie nur als Bohnenstange gehänselt, was jedoch ihrem Selbstbewusstsein keinerlei Abbruch tat, da sie sich ansonsten auch körperlich gut entwickelt hatte. Da in den folgenden Monaten jedoch die Probleme mit ihrer Muskulatur zunahmen, wurde sie von mehreren Spezialisten untersucht. Die vorläufige, allerdings noch unter Vorbehalt gestellte Diagnose, traf die Familie bis ins Mark. Nachdem Lea auch während den zunächst angesetzten Therapien zunehmend Schwierigkeiten hatte, sich beschwerdefrei fortzubewegen, sich die Stellung ihrer Füße veränderte, deutete alles auf einen genetischen Defekt hin. Weitere Untersuchungen bestätigten die gestellte Verdachtsdiagnose CMT. Die Charcot-Marie-Tooth-Erkrankung, die das Nervensystem betrifft, führt zu einem Abbau der Muskulatur, zunächst an den Händen und Füßen und kann sich auch weiter im Körper ausbreiten. Bis heute ist diese Krankheit nicht heilbar, wenngleich seit ein paar Jahren Hoffnungen durch ein Medikament gegeben sind. Mit dessen Hilfe und einer zusätzlichen Therapie ließe sich der Krankheitsverlauf bei frühzeitiger Erkennung möglicherweise abmildern und dadurch auch eine bessere Lebensqualität erreichen.

Die Behandlung erforderte teils längere Aufenthalte in verschiedenen Kliniken und Lea musste deswegen bereits zweimal eine Klasse wiederholen. Inzwischen volljährig, hatte sie sich, trotz der körperlichen Einschränkung zum Ziel gesetzt, ein möglichst gutes Abitur zu erreichen.

Nebenbei hatte sich jedoch eine kleine Schülergruppe in den sozialen Medien auf Lea eingeschossen.

*

Sven und Carola Krasser warteten am Montagmorgen bereits seit einer halben Stunde in ihrer Küche mit dem Frühstück auf ihre Tochter. „Lea hat sich wieder einmal das ganze Wochenende allein in ihrem Zimmer verkrochen", meinte Sven zu seiner Frau, als er sich seine erste Tasse Kaffee einschenkte. „Ich hoffe nur inständig, dass ihr der Lernstress nicht allzu sehr zu schaffen macht."

„Ich habe es die letzten Tage auch schon bemerkt, dass sie kaum noch aus ihrem Zimmer herauskommt", kam die etwas besorgte Antwort seiner Frau. „Still war sie ja schon immer, seit wir die Diagnose erhalten haben. Aber in den vergangenen Wochen hat sie immer wieder mal erwähnt, dass sie hier in Oettingen nicht alt werden will. Ihr macht es wohl zu schaffen, dass sie kaum noch soziale Kontakte hat, was ich überhaupt nicht verstehen kann. Sie ist hübsch, intelligent, kleidet sich ganz normal und interessiert sich auch wie so viele andere in ihrem Alter für Stars und Promis."

Sven stellte seine Kaffeetasse ab. „Sie hat ja weiß Gott schon genug an ihrer Krankheit zu tragen. Aber sie kann eben auf Grund ihrer Behinderung kaum irgendeine der Freizeitaktivitäten mitmachen. Tanzen, oder ausgelassen irgendwo feiern. Auch einfach nur so um die Häuser ziehen ist bei ihr halt schwierig. Abgesehen davon bietet Oettingen sowieso kaum Möglichkeiten dazu."

„Ja, genau", stimmte Carola ihm zu. „Und das sind Dinge, die sie wohl sehr belasten. Sich einfach mal vor dem Spiegel aufzubrezeln, um mit ihren Freundinnen irgendwohin zu fahren und die Jungs verrückt zu machen. Das war doch zu unserer Zeit ganz normal."

„Ich bin dann mal weg", vernahm das Ehepaar mit einem Mal die Stimme von Lea, wobei kurz darauf die Haustüre geöffnet wurde.

„Du hast doch noch gar nichts gefrühstückt, Lea", rief Carola, hörte aber fast gleichzeitig, wie die Haustüre ins Schloss fiel. Beinahe verzweifelt sah sie ihren Mann an. „Sie weiß doch ganz genau, wie wichtig eine gesunde Ernährung in ihrer Situation ist. Manchmal glaube ich, dass sie mir überhaupt nicht mehr richtig zuhört."

*

Annika Fechter war die einzige Freundin von Lea, mit der sie sich neben ihrer Krankheit auch noch über alle anderen Dinge austauschen konnte, die junge Frauen nun mal so interessierten. Musik, Promis, die neuesten Styles auf dem Modemarkt, aber auch absolut private

Themen wie Jungs, oder dem manchmal nicht ausbleibenden Herzschmerz.

Annika hatte ihre Freundin schon morgens vor der ersten Stunde gefragt, weshalb sie heute einen medizinischen Mundschutz trug. Sie wusste zwar, dass Lea ab und zu leichte Probleme mit ihrem Immunsystem bekam, vor allem in der Zeit der Medikamenteneinnahme, aber ihr war aktuell kein Grund dafür bekannt. Jedenfalls hatte Lea ihr nichts davon erzählt. Da die beiden Teenager in der Pause wie meist außerhalb des Schulhofs auf dem Gehweg standen, wollte Annika nun endlich von Lea den Grund für das Tragen der Schutzmaske erfahren. Die starrte ihre Freundin für einige Augenblicke nur an, bevor sie sich schließlich ein Herz zu fassen schien. Sie musste aufpassen, dass ihr dabei nicht die Tränen in die Augen traten.

„Ich bin ja sowas von doof, das kannst du dir überhaupt nicht vorstellen", begann sie mit einem leisen Schluchzen zu erzählen.

„Wenn du auf Tim aus der Elften anspielst, da kann ich dir nur Recht geben. Seit Wochen versucht er schon dich anzuflirten. Ich verstehe gar nicht, weshalb du überhaupt nicht auf ihn reagierst. Ich habe dir doch schon ein paarmal gesagt, dass der total auf dich steht."

„Glaubst du, dass ich das nicht gemerkt hätte?", gab Lea etwas resigniert zurück. „Ich frage mich dabei nur, weshalb er dann mit diesen Schwachmaten herumhängt, die nichts Anderes in der Birne haben, als mich blöd anzulabern."

„Hey, Lea", versuchte Annika ihre Freundin zu beruhigen. „Der gehört sicher nicht zu diesen Freaks, die sich den ganzen Tag nur über Smartphones, Technik und KI unterhalten. Die sehen uns Mädels doch nur als Objekte, um ihren pubertären Hormonüberschuss loszuwerden. Ich kann es mir beim besten Willen nicht vorstellen, dass Tim genauso denkt. Außerdem hat er doch schon mehr als nur einmal gesagt, dass er mit deiner Krankheit überhaupt kein Problem hat. Ich glaube, dass der wirklich in dich verknallt ist."

Annika tippte ihre Freundin mit der Faust an deren Oberarm. „Lea", meinte sie, „den brauchst du doch nur einmal mit deiner süßen Zuckerschnute anzulächeln, dann schmilzt er dir unter deinen Händen schneller weg als ein Softeis mit Schokoglasur auf der Nördlinger Mess."

Annika lachte Lea fröhlich ins Gesicht, als sie plötzlich Tränen in deren Augen erkannte. Sie wollte schon tröstend ihre Arme um die Schultern ihrer Freundin legen, als diese mit einem entschlossenen Handgriff nur für einen kurzen Moment ihre Maske zur Seite zog.

„Glaub mit", meinte sie niedergeschlagen. „Wenn der meine Zuckerschnute so zu sehen bekäme, würde er sicherlich nicht dahinschmelzen. Der würde wahrscheinlich kotzen oder vor Schreck auf der Stelle tot umfallen."

Der kurze Augenblick, in dem Annika das unverhüllte Gesicht ihrer Freundin zu sehen bekam hatte dazu ausgereicht, dass sie erschrocken die Hand vor ihren Mund hielt.

„Um Gottes Willen, Lea. Was ist denn da passiert?", fragte sie ungläubig.

Für eine Erklärung reichte die Zeit allerdings nicht mehr aus, da die Pause zu Ende war.

„Ich erzähle dir nach der Schule alles", meinte Lea resigniert. „Wenn ich bis dahin vor lauter Blödheit und Scham nicht im Erdboden versunken bin."

Annika legte ihren Arm um ihre Freundin, als sie sich langsam auf den Weg zurück in das Schulgebäude begaben. „Echt so schlimm?", meinte sie.

„Noch schlimmer", bekam sie zur Antwort. „Kannst du mir bitte ein kilometertiefes Loch graben?"

Als die beiden jungen Frauen gerade wieder den Schulhof betraten, kam einer aus der von ihnen ungeliebten Gruppe ihrer Mitschüler an ihnen vorbei. Es war derjenige, den Lea am wenigsten leiden konnte. Benjamin Krieger, Sohn wohlhabender Eltern und aus familiären Gründen, wie es bekanntgemacht wurde, zweifacher Wiederholungstäter. Deshalb auch schon volljährig und im Besitz einer Fahrerlaubnis, inclusive eines vom Elternhaus gesponserten, fahrbaren Untersatzes. Dass er nun aus einer in diesem Fahrzeug befindlichen Dashcam die Speicherkarte entfernte und diese in seiner

Hosentasche verschwinden ließ, bekamen die beiden Abiturientinnen nicht mit.

Zurück im Klassenraum gab der Lehrer die Information der Schulleitung weiter, dass man als diesjähriges Abschlussprojekt an einem Wettbewerb für einen Werbefilm über die Oettinger Störche teilnehmen würde. Es sollten in erster Linie die Vor- aber auch Nachteile realistisch aufgezeigt werden, wobei auch mögliche Lösungsideen wünschenswert wären, um diese Nachteile auszugleichen.

Kaum war die letzte Unterrichtsstunde vorüber, hatte es eine ganz bestimmte Gruppe von Schülern doch ziemlich eilig, das Schulgebäude zu verlassen. Nachdem sich Annika und Lea wie so oft als eine der letzten auf den Heimweg begaben, wollte Annika endlich wissen, was bei ihrer Freundin am Wochenende passiert war, sodass sie einen Mundschutz tragen musste. Sie blieb unter einem Baum stehen und lehnte sich gegen dessen Stamm.

„Jetzt erzähl schon endlich, was du angestellt hast, Lea. So wie ich deine Lippen heute früh gesehen habe, könnte man glatt meinen, du bist gegen eine Türe geknallt. Aber das war es wohl nicht, oder?"

Lea konnte ihre Tränen kaum zurückhalten, sodass Annika sie sofort in den Arm nahm. „So schlimm?", fragte sie ihre Freundin, wobei sie ihr über den Rücken streichelte und sie so zu beruhigen versuchte.

„Noch viel schlimmer", schluchzte Lea. „Und ich doofe Kuh bin auch noch selber daran schuld. Schau dir das doch an."

Als sich die Schülerin mehrmals umgesehen hatte, um sich zu versichern, dass niemand sie beobachtete, nahm sie langsam den Mundschutz ab. Für einige Sekunden betrachtete sich Annika das Malheur.

„Oh je, wie hast du das denn hingekriegt?", fragte Annika erstaunt. „Das müssen deine Eltern doch irgendwie bemerkt haben."

Niedergeschlagen schüttelte Lea den Kopf. „Ich habe die letzten beiden Tage allein in meinem Zimmer verbracht. Meine Eltern kennen das ja schon, dass ich mich manchmal einfach länger zurückziehe, wenn es mir nicht gut geht."

Annika wartete geduldig darauf, dass ihre Freundin weitererzählte. Sie hatte das Gefühl, dass in dieser Situation einfach nur zuzuhören das Beste war.

„Ach Mann", fuhr Lea fort und wirkte dabei enttäuscht. „Alle schauen sie immer nur auf meine Beine. Entweder sie haben dabei Mitleid, oder sie tuscheln und lachen hinter vorgehaltener Hand. Ich hasse diese verfluchten Krücken wie die Pest", schimpfte Lea, und klatschte sich dabei mehrfach hintereinander heftig auf ihre Oberschenkel.

„Verständlich, Lea", nickte Annika ihr zu. „Aber was hat das denn jetzt mit deinen Lippen zu tun?"

„Kapierst du das nicht? Die sollen mir doch endlich mal ins Gesicht sehen. Ich bestehe doch nicht nur aus zwei Beinen, die langsam verkrüppeln und mich wie einen Storch dahinstelzen lassen."

Bei ihren letzten Worten hatte Lea beinahe geschrien und Annika sah, dass sie wieder kurz davor war, in Tränen auszubrechen. Dennoch reagierte sie etwas ungläubig.

„Du hast dir doch nicht etwa selbst irgend so ein Zeug in die Lippen gespritzt, oder?" Annika sah mit erschrockenem Blick, dass Lea unter Tränen nickte.

„Ich konnte doch nicht zu irgendeinem Beauty-Doc gehen. Das hätten meine Eltern niemals zugelassen."

„Und dann hast du selber…? Ja, bist du denn von allen guten Geistern verlassen?", schimpfte Annika mit ihrer Freundin. „Was hast du dir denn da gespritzt? Und wo hattest du das Zeug überhaupt her?"

„Das kann man sich alles übers Internet bestellen", schniefte Lea. „Es gibt genügend Tutorials dafür im Netz, wie man das ohne fremde Hilfe super hinbekommen kann. Das sah echt ganz easy aus. Die haben das haargenau erklärt, ehrlich."

„Du spinnst doch", ließ sich Annika zu einer ärgerlichen Äußerung hinreißen. „So etwas sollte man nur von Fachleuten durchführen lassen. Du siehst ja, wohin das führt. Aber man kann das doch bestimmt wieder irgendwie korrigieren, oder?"

„Ja, kann man", gab Lea kleinlaut zu. „Aber das kostet und es dauert."

Annika überlegte kurz, bevor sie meinte: „Corona ist zwar mehr oder weniger Geschichte, aber auf Grund deiner Krankheit wird es vielleicht nicht sonderlich auffallen, wenn du eine Zeitlang mit einer FFP2 rumläufst. Aber deinen Eltern wirst du auf jeden Fall reinen Wein einschenken müssen."

„Oh Gott", stöhnt Lea. „Muss das sein? Die stecken mich doch in die Klapse. Lass mich doch bitte noch eine Nacht darüber nachdenken."

„Okay, aber so schlimm wird's schon nicht werden", versuchte Annika, sie zu beruhigen. „Ruf mich einfach an, dann komme ich vorbei und werde versuchen, es ihnen zu erklären. Immerhin sind wir beide doch beste Freundinnen. Da sollte man auch zueinanderhalten."

Dankbar fiel ihr Lea in die Arme und kurz darauf machten sie sich auf den Weg nach Hause.

4. Kapitel

Richard Claasberg hatte sich gleich an diesem Montagmorgen um einen Gesprächstermin mit der Geschäftsführung der Brauerei bemüht. Nachdem er sein Anliegen bei der Sekretärin kurz erläutert hatte, versprach ihm diese umgehend einen Rückruf, sobald sie mit ihrem Vorgesetzten über das Thema gesprochen hätte.

Es wurde allerdings Nachmittag, bis er diesen Rückruf erhielt und ihm mitgeteilt wurde, dass er sich an die externe Firma wenden sollte, die im Auftrag der Brauerei verschiedene Werbestrategien entwerfen sollte. Richard Claasberg erhielt kurz darauf per Email Adresse und Rufnummer der zuständigen Ansprechpartnerin, die er auch zeitnah kontaktieren sollte. Bei Interesse würde man sich bestimmt über einen entsprechenden Vertrag einig werden.

Am gleichen Abend noch traf sich der Oettinger Bürgermeister Frank Moritz mit seinem Werbefachmann, um in Erfahrung zu bringen, inwiefern sich bereits Ergebnisse seiner Maßnahmen abzeichnen würden.

„Die Idee der Zusammenarbeit mit dem örtlichen Getränkehersteller scheint auf Interesse zu stoßen, Herr Moritz. Ich habe mit den zuständigen Leuten Kontakt aufgenommen und auch für morgen gleich einen persönlichen Gesprächstermin vereinbart. Sollte dieser einen positiven Verlauf nehmen, muss man diese Maßnahme natürlich entsprechend vermarkten. Ich habe bei meinen Recherchen festgestellt, dass ihre Stadt zwar mit Internetauftritten und regionalen Berichterstattungen eine ganze Reihe an Werbung betreibt, aber das große, Überregionale kommt dabei in meinen Augen viel zu kurz. Wenn sie wirklich den Tourismus für Oettingen ankurbeln wollen, müssen sie auch weitreichende Werbemaßnahmen in Betracht ziehen. Das Internet allein wirkt auf potentielle Kunden nur bei Ausschöpfung aller Möglichkeiten."

„Gehe ich richtig in der Annahme, dass sie von überregionalen Werbespots in Rundfunk und Fernsehen sprechen?", fragte der Bürgermeister nach. „Sie wissen aber schon, Herr Claasberg, welche Summen für so etwas fällig wären? Wir sind eine Kleinstadt mit knapp fünfeinhalbtausend Einwohnern. Was glauben sie denn, welches Budget ich beim Stadtrat für ein solches Vorhaben lockermachen könnte? Und selbst wenn: Wer garantiert mir einen entsprechenden Erfolg?"

„Ein Restrisiko ist bei allen Maßnahmen gegeben", bekam Frank Moritz zur Antwort. „Es ist wie bei vielen Situationen im Geschäftsleben. Wer nicht wagt, der nicht gewinnt. Die letztendliche Entscheidung treffen sie. Ich kann aus meiner persönlichen Erfahrung heraus sagen, dass nur eine zunehmend mediale Präsenz wirksam ist."

Frank Moritz überlegte einige Augenblicke, bevor er antwortete. „Also gut", meinte er schließlich. „Geben sie mir zwei Tage Zeit, ich werde sehen, was ich erreichen kann. Zunächst möchte ich aber abwarten, welche Ideen die

Geschäftsführung der Brauerei im Bereich Marketing vorstellt. Möglicherweise können wir auf deren Zug aufspringen. Ansonsten werde ich mit den Kolleginnen und Kollegen vom Stadtrat über einen finanziellen Spielraum beraten, was sicherlich keine leichte Aufgabe darstellen würde."

5. Kapitel

Lea Krassers Eltern hatten sich darauf verständigt, ihre Tochter bis zum Ende des Schuljahres nicht weiter zu bedrängen, solange sich ihr Gesundheitszustand und ihre schulischen Leistungen nicht außergewöhnlich verschlechtern würden. Dass sie ihren Alltag manchmal etwas gewöhnungsbedürftig gestaltete, damit hatten sie sich schon abgefunden.

„Zum Glück hat sie mit Annika eine Freundin, mit der sie scheinbar durch dick und dünn gehen kann", bemerkte die Mutter, nachdem die beiden jungen Frauen an diesem Morgen das Haus verlassen hatten.

Annika hatte Lea am Wochenende versprochen, sie rechtzeitig zuhause abzuholen, um im Zweifelsfall mit den Eltern sprechen zu können. Sie hatte sich von Lea überreden lassen, die Beichte über ihre Dummheit noch etwas aufzuschieben. Als sie kurze Zeit später am Oettinger

Gymnasium ankamen, waren die üblichen Blicke für Lea anscheinend nicht mehr ganz so schlimm zu ertragen. Doch kurz bevor sie den Eingang zum Schulgebäude erreichten, erkannten sie die kleine Gruppe der Schüler, die sich oft abfällig ihr gegenüber verhielten.

„Ey, das ist nicht nur voll krass, das ist absolut krasser", vernahm sie die Stimme eines der Jungen. Ihr war natürlich sofort klar, dass es dabei wieder um irgendetwas ging, das sie auf Grund ihres Nachnamens betraf. Annika konnte den Blick ihrer Freundin in diesem Augenblick nicht genau deuten. Er lag irgendwo zwischen verärgert und verängstigt.

„Und du willst das wirklich zum Wettbewerb einreichen?", hörten die beiden Freundinnen die Frage eines der Jungen.

„Quatsch, Mann", kam die Antwort. „Aber wir sollen doch so kreativ wie möglich vorgehen und nicht so blöd wie möglich." Lachend drehte er sein Tablet wie zufällig so, dass Lea und Annika im Vorbeigehen auf das Display schauen konnten. Wie versteinert blieben die beiden stehen und starrten auf den Videoclip, der sich vor ihren Augen abspielte. Als Lea sich selbst erkannte, wie sie im Gespräch mit Annika ihren Mundschutz zur Seite zog, da wusste sie, dass man sie heimlich beobachtet hatte. Doch es wurde noch schlimmer. Ihre deformierten Lippen formten sich wie von Geisterhand zu einem Storchenschnabel und ihre Arme wurden zu Flügeln. Sie stakste ein paar Schritte und hob mit klapperndem Geräusch vom Boden ab.

Lea wurde augenblicklich kalkweiß im Gesicht, während Annika versuchte, dem Mitschüler das Tablet aus der Hand zu reißen.

„Hey, nimm deine Flügel weg, Storchenmutti", rief dieser und packte Annika am Handgelenk. „Kümmere dich lieber um deinen Adebar, der scheint es nicht gut zu gehen."

„Du bist echt sowas von scheiße", schrie Annika laut.

„Hey, jetzt dreh mal nicht gleich durch", zischte der Betroffene leise mit hämischem Tonfall, sodass nur Annika es in diesem Augenblick hören konnte, da er sie etwas zur Seite gezogen hatte. „Und mach mich nicht so blöd an vor allen anderen hier. Ich könnte sonst auf dumme Gedanken kommen und das Filmchen online stellen, ohne dass man nachvollziehen kann, woher es kommt."

Damit drehte er sich kurzerhand um und ließ Annika einfach stehen. Diese blickte nur kurz zu Lea, bevor sie einen Schritt nach vorn trat, um sich Benjamin Krieger in den Weg zu stellen. „Das wagst du nicht, sonst…", sprach sie mit drohendem Unterton in ihrer Stimme.

6. Kapitel

Laut Digitalanzeige wären es noch genau siebenundfünfzig Minuten gewesen, bis die Weckautomatik den Augsburger Kriminaloberkommissar Peter Neumann aus seiner Nachtruhe geholt hätte. Diese knappe Stunde Schlaf wurden ihm allerdings von seinem Vorgesetzten Robert Markowitsch nicht gegönnt. Drah di net um, oh oh oh. Schau, schau der Kommissar geht um, oh oh oh...

Ach ja, wie gerne hätte ich mich jetzt nochmal umgedreht, seufzte der Kriminalbeamte, als der Welthit von Falco ihn als Klingelton aus dem Schlaf riss.

„Guten Morgen, Herr Hauptkommissar. Haben sie vergessen, ihre Uhr auf Sommerzeit umzustellen?", fragte er seinen Vorgesetzten, nachdem er das Gespräch angenommen hatte. Ein herzhaftes Gähnen folgte, dessen Lautstärke er gerade noch so unterdrücken konnte.

„Der frühe Vogel fängt den Wurm, Herr Neumann", antwortete Robert Markowitsch. „In unserem Fall würde das jedoch abgewandelt heißen: Der Frühaufsteher findet die Leiche. Ich hoffe, sie sind schon dabei, ihre Klamotten anzuziehen und sich ein wenig frisch zu machen. Sie haben fünf Minuten, danach sollten sie hier im Wagen sitzen. Ansonsten wäre ihr Cappuccino to go so abgekühlt, dass sie ihn nur noch zum Zähneputzen nehmen könnten."

„Leiche, fünf Minuten, Cappuccino, kein Frühstück", wiederholte Peter Neumann in Schlagworten die kurze Ansprache seines Chefs. „Bin so gut wie bei ihnen."

Es dauerte dann doch ein paar Minuten länger, bis Peter Neumann neben seinem Vorgesetzten in dessen Dienstwagen Platz genommen und sich angeschnallt hatte. Mit Blaulicht fuhren die beiden Beamten durch die langsam erwachende Augsburger Altstadt in Richtung Bundesstraße 2.

„Darf ich fragen, wohin uns der Herr Oberstaatsanwalt diesmal beordert hat?", fragte Neumann den Leiter der Mordkommission.

„Wie kommen sie darauf, dass Berger um diese Zeit schon wach ist, Neumann?", meinte Markowitsch. „Es ist ein Notruf eingegangen, dass jemand auf dem Weg zur Arbeit beobachtet hat, wie eine junge Frau von einem Silo gestürzt ist. Ob freiwillig oder nicht, das konnte er nicht sagen. Die Nachtschicht in der Leitstelle hat parallel zu mir auch die Dienststelle in Nördlingen verständigt."

„Wir fahren also mal wieder nach Nördlingen?", kam eine feststellende Frage von Peter Neumann.

„Keineswegs", antwortete Robert Markowitsch. „Die Richtung stimmt, aber diesmal geht es noch etwas nördlicher als Nördlingen, nämlich nach Oettingen."

„Oettingen", wiederholte der Kriminaloberkommissar und schien einen Augenblick lang zu überlegen. „Da gab es doch mal einen Tatort, bei dem unsere Kollegen aus München im Oettinger Schloss ermittelt haben", sagte er etwas nachdenklich. „Vielleicht sollten wir eine SOKO Donauries gründen, dann hätten wir den Fall in einer knappen Stunde aufgeklärt."

Trotz der frühen Dämmerstunde hätte man sehen können, wie Robert Markowitsch seine Augen verdrehte. „Sie sind ein Kindskopf, Neumann", meinte er. „Oder sie schauen zu viele Schnulzenkrimis. Kein Wunder, dass sie so schlecht aus dem Bett kommen."

„Mag sein, Chef. Aber manchmal ist es schon sehr unterhaltsam, wie herrlich einfach doch Polizeiarbeit sein kann. Wir sollten mal einen Antrag stellen, mit den Herrschaften zu tauschen."

Als der Wagen mit den beiden Kriminalbeamten gerade durch das Harburger Tunnel fuhr, läutete das Telefon des Hauptkommissars. Auf dem Display des Bordcomputers war gleichzeitig der Name des Anrufers zu erkennen. Peter Neumann drückte die Rufannahme, überließ allerdings Robert Markowitsch das Gespräch.

„Guten Morgen Herr Berger", begrüßte dieser den Oberstaatsanwalt.

„Ihnen auch, meine Herren", vernahmen die beiden Ermittler die Stimme aus dem Lautsprecher, die jedoch nicht ganz so freundlich klang. „Wie ich gerade erfahren habe, sind sie mit ihrem Kollegen unterwegs nach Oettingen, weil dort eine Frau zu Tode gestürzt ist. Darf ich fragen, was oder wer sie dazu veranlasst hat, Markowitsch?"

„Natürlich Berger, dürfen sie. Es handelt sich hier um einen Todesfall mit noch ungeklärter Ursache. Da in diesem Fall eine strafbare Handlung noch nicht ausgeschlossen werden kann, ermittelt die Kripo, also fällt dies automatisch in mein Resort."

„Die Kripo ja, da gebe ich ihnen absolut Recht. Aber nennen sie mir auch nur einen einzigen vernünftigen Grund, Markowitsch, weshalb ich sie schon wieder ins Ries schicken sollte. Sie wissen doch selbst ganz genau, dass für diese Region die Kollegen aus Dillingen zuständig sind."

„Der ist nur sauer, weil er nicht als erster informiert wurde", flüsterte der Kriminalhauptkommissar seinem Kollegen zu.

„Na, bisher waren sie ja auch nicht gerade wählerisch, wenn es darum ging, dort einen Mordfall aufzuklären, Berger. Nördlingen, nicht nur einmal. Rain am Lech, Reimlingen, Donauwörth. Weshalb haben sie denn all diese Fälle nicht in die Hände der Dillinger gelegt?"

Robert Markowitsch war sichtlich genervt über Frank Bergers Reaktion. Er lenkte den Wagen in die nächstgelegene Parkbucht.

„Nun mal nicht gleich so aufbrausend werden, mein lieber Herr Kriminalhauptkommissar", gab der Augsburger Oberstaatsanwalt zurück. „Sie wissen ganz genau, dass die Geschichte mit dem Türmer in Nördlingen eine brisante Angelegenheit war. Außerdem wurden sie danach ja explizit angefordert."

„Was ja auch nicht gerade die schlechteste Referenz war", warf Peter Neumann ein.

Frank Berger verdrehte die Augen, was den beiden Ermittlern am Straßenrand jedoch verborgen blieb. „In Rain waren sie ja, wenn in diesem Fall auch privat, sowieso schon vor Ort, sozusagen also bereits mitten im Geschehen. Weshalb sollte ich da ein neues Fass aufmachen?"

„Ja, ja", winkte Robert Markowitsch ab. „Und der Tote im Reimlinger Schloss war dann mehr oder weniger auch ein Mordopfer während einer privaten Veranstaltung. Und weil der Kollege Neumann damals ja sowieso schon in Donauwörth vor Ort war, konnten wir den Fall mit der Toten vom Mangoldfelsen auch gleich übernehmen." Der Kriminalhauptkommissar redete sich nun beinahe in Rage.

„Markowitsch, bitte", unterbrach ihn der Oberstaatsanwalt. „Nun werden sie mal nicht sarkastisch. Ich gebe ja zu, dass es manchmal nicht ganz einfach ist, solche Gegebenheiten zu organisieren. Aber wir sind schließlich alle Polizeibeamte und arbeiten doch Hand in Hand." Frank Berger blieb für einen Augenblick stumm, wandte sich anschließend an den Kriminaloberkommissar.

„Herr Neumann, nennen sie mir doch einen plausiblen Grund, weshalb ich diesen Fall nicht nach Dillingen geben sollte."

„Gerne, Herr Berger. Da wäre zunächst der Fachkräftemangel, den es sicher auch bei der Polizei gibt. Außerdem sind wir, wie sie schon sagten, doch alle Polizeibeamte und arbeiten auch grenzübergreifend Hand in Hand."

„Ist ja schon gut", winkte Frank Berger ab. „Wenn sie mir aber ohne eine plausible Erklärung für die Presse zurückkommen, ziehe ich sie umgehend wieder von diesem Fall ab. Ich habe nachher eine dringende Konferenz mit München, deshalb wurde ein Kollege von mir beauftragt, sie vor Ort zu unterstützen." Mit diesem Satz beendete er das Gespräch.

7. Kapitel

Am nächsten Vormittag hatte die Geschäftsführung der Brauerei die Verantwortlichen der Marketing- sowie der Social Media Abteilung zu einem kurzfristigen Meeting einberufen. Bis zu diesem Zeitpunkt wusste noch keiner der Angestellten, was genau der Anlass für das Treffen war.

„Wie ich an ihren Augen erkennen kann, sind sie alle noch am Rätseln über den Grund der kurzfristigen Besprechung. Nun, dann will ich sie mal nicht länger im Unklaren lassen. Mich hat eine Anfrage der Stadt Oettingen erreicht. Wie auch schon mehrfach in der Presse zu lesen war, macht man sich dort seit einiger Zeit Gedanken darüber, wie man den Tourismus und die Innenstadt weiter beleben könnte. Es gab in der letzten Stadtratssitzung wohl lebhafte Diskussionen darüber, wie man dieses Thema am besten angehen könnte.

Von Seiten des Bürgermeisters, beziehungsweise eines von ihm Beauftragten kam nun der Vorschlag, den Ruf der Bierstadt Oettingen aufzupolieren. Wobei mir persönlich der Begriff Bierstadt nicht sonderlich gefällt. Der Bierkonsum ist bekanntermaßen ja rückläufig, worauf wir in der Zukunft auch reagieren wollen. Begonnen haben wir damit, dass wir ja unser Unternehmensimage von der klassischen Brauerei zum Getränkehersteller gewandelt haben. Herr Moritz hat uns nun über unsere externe Beraterfirma den Vorschlag unterbreiten lassen, an einer gemeinsamen Werbekampagne für die Stadt teilzunehmen. Man trägt sich dort mit dem Gedanken, Oettingen als Storchenmetropole im Donauries bekanntzumachen."

„Grundsätzlich würde da ja nichts dagegensprechen", meinte einer der Marketingmitarbeiter. „Für den Tourismus wäre das sicher nicht der schlechteste Gedanke. Bei der Menge an Klapperstörchen in Oettingen lässt sich bestimmt irgendetwas daraus machen. Allerdings habe ich auch schon negative Stimmen in der Stadt mitbekommen, dass gar manchem der

Bewohner wohl nicht nur das Geklapper ziemlich auf den Geist geht. Vor allem, wenn man in den Morgenstunden aus dem Schlaf gerissen wird. Es gibt auch immer wieder Streit darüber, dass die Tiere im wahrsten Sinne des Wortes für eine teils beschissene Situation auf den Dächern sorgen."

„Das mag durchaus stimmen, stellt aber in meinen Augen jetzt kein Problem für uns dar", antwortete der Geschäftsführer mit einer entsprechenden Handbewegung. „Haben wir nicht einmal eine Auszeichnung vom Landesbund für Vogelschutz erhalten? Wenn ich mich recht entsinne, wurde wir sogar als schwalbenfreundliches Haus geehrt. Bei den heutigen Umtrieben zum Thema Umwelt und Klima, hätten wir ein weiteres, ausbaufähiges Argument griffbereit.

Immerhin kann das Unternehmen mit dem „ohne Gentechnik"-Siegel und weiteren Zertifizierungen bereits schon jetzt punkten.

Aber, liebe Kolleginnen und Kollegen, wer mich kennt, der weiß, dass man mit neuen Ideen immer noch ein bisschen mehr erreichen kann. Und hier kommt Frau Kristina Luscovitcz von unserer Beraterfirma ins Spiel, denn genau dieser Gedanke führte uns gestern zu unserer neuen Marke Oe, unter der wir ja bereits unsere Functional Drinks wie das Protein Soda vertreiben. Durch eine markante Bezeichnung könnten wir einen herausragenden Werbeeffekt erzielen. Es gibt bereits recht erfolgreiche Getränke, wie Liköre, Weine oder Schnaps mit den Namen Ochsenblut, Drachenblut, Blutwurz usw."

Für einige Sekunden ließ der Geschäftsführer seine kurze Ausführung wirken, bevor er weitersprach. „Ich sehe an ihrer Mimik, dass es in den Köpfen bereits arbeitet. Sehr gut. Ich möchte einen Energydrink mit dem Namen Storchenblut in unsere neue Linie integrieren. Wir lassen gerade prüfen, ob wir einen entsprechenden Markenschutz erwerben können. Erscheinungsbild in passendem Design. Blutrot, fruchtig-süß, koffeinhaltig und dadurch belebend. Eine Rezeptur dafür sollte in meinen Augen kein größeres Problem darstellen, da haben wir mit unserer neuen Marke sicherlich etwas in der Schublade. Wir benötigen also noch eine entsprechende Werbestrategie, dazu natürlich ein Logo für die Dose. Wir haben eine Woche Zeit und eventuell anfallende Überstunden sind hiermit genehmigt, ich werde das mit unserem Betriebsrat persönlich klären. Ansonsten gilt, im Sinne der Störche gesprochen, bis zur Geburt des Produktes absolutes Stillschweigen. Und nur zum besseren Verständnis: Ich möchte bis dahin eine fertige Präsentation und ein paar Trays mit verkosteten Mustern. Dieser Termin ist kein Zeitpunkt für einen Produktionsstart. Aber so haben wir schon mal den Daumen drauf. Und… sollte es so bei der geplanten Zielgruppe einschlagen, wie wir uns das vorstellen, werden wir mit unserem Storchenblut den Markt abklappern."

8. Kapitel

Die Oettinger Feuerwehr hatte auf Anweisung des Einsatzleiters der Polizeiinspektion Nördlingen den Bereich um das Gelände des Bauhofs abgesperrt. Der Zugang über die Bahnhofstraße wurde ebenso von einer Streife bewacht, wie ein möglicher Schleichweg entlang der Bahnlinie von der Munninger Straße her. Der Einblick von der B 466 aus wurde so weit als möglich mit Sichtschutzwänden verhindert. Hier, sowie an der folgenden Ampelkreuzung sorgten zusätzlich jeweils eine Streife dafür, dass der Verkehrsfluss nicht durch Neugierige ins Stocken geriet, was jedoch nicht immer ganz zu verhindern war. Als einer der Beamten erkannte, dass der Beifahrer eines Lkw sein Mobiltelefon aus seiner erhöhten Position auf das Silo richtete, wurde das Fahrzeug kurzerhand angehalten. Der Beifahrer erhielt einen entsprechenden

Bußgeldbescheid, bevor er seine Fahrt fortsetzen konnte. Als die Augsburger Ermittler am Fundort der Leiche eintrafen, waren Rolf Zacher, der Leiter der Spurensicherung und sein Team bereits dabei, ihre Schutzoveralls anzulegen.

„Gott zum Gruße, Herr Zacher. Wie immer mit einer weißen Weste", begrüßte Robert Markowitsch mit einem Lächeln den Kollegen aus der Rechtsmedizin.

„Tja, es gibt einen gewissen Anteil in der Bevölkerung, der nicht immer so wie sie die Möglichkeit hat, beim Job einen Anzug zu tragen, Markowitsch", begrüßte Rolf Zacher den Kriminalhauptkommissar und er hob danach kurz die Hand, um Peter Neumann und den Staatsanwalt zu grüßen, die sich beide bereits neben dem abgedeckten Leichnam befanden. Rolf Zacher zog den Reißverschluss seines Overalls hoch und griff sich anschließend seinen Koffer mit den benötigten Hilfsmitteln aus seinem Transporter.

„Dann wollen wir mal", meinte er mit Blick auf eine Kollegin, die ihm zum Fundort folgte.

„Ein neues Gesicht an ihrer Seite, Herr Zacher?", fragte Peter Neumann, als er die ihm unbekannte Frau begrüßte. „Neumann, Kriminaloberkommissar", stellte er sich vor.

„Rita Weiß, freut mich", entgegnete die Angesprochene den Gruß.

„Unsere Spezialistin für alles Digitale im Bereich der Spurensicherung", erklärte Rolf Zacher. „Frisch von der kriminaltechnischen Schulbank darf sie jetzt erstmals in die Praxis einsteigen. Ich denke, dass sie beide sich ganz gut ergänzen dürften."

„Wenn die Herrschaften dann ihre Höflichkeitsfloskeln beendet haben, könnten wir uns eventuell unserer eigentlichen Aufgabe zuwenden", schaltete sich nun der Staatsanwalt ein. „Inwieweit sind sie denn schon informiert worden, Herr Zacher?"

Der Angesprochene deutete auf den abgedeckten Leichnam.

„Junge Frau, auffallend gekleidet, klettert die Leiter auf dieses Silo hoch und stürzt sich, scheinbar nach einer telefonischen Auseinandersetzung anschließend hinunter."

„Eine telefonische Auseinandersetzung?", fragte Peter Neumann mit hochgezogenen Augenbrauen. „Woher stammt denn diese Erkenntnis?"

„Das hat der Anrufer uns gegenüber ausgesagt", ergriff der Einsatzleiter nun das Wort. „Er hatte auf seinem Weg zur Arbeit bemerkt, dass jemand auf dem Silo stand und hielt sein Auto an. Einen Grund dafür konnte er nicht angeben. War wohl Neugier, oder irgendeine innere Eingebung, meinte er."

„Wissen wir bereits, um wen es sich bei der Toten handelt?", wollte Robert Markowitsch von ihm wissen. „Hatte sie irgendwelche Papiere bei sich?"

„Lea Krasser aus Oettingen", antwortete der Polizeikommissar. „Wir haben den Ausweis in ihrer Schultasche gefunden. Ein Mitarbeiter vom städtischen Bauhof hat das auch bestätigt, ihm ist die Frau wohl persönlich bekannt. Ihre Eltern werden gerade durch zwei Kollegen verständigt." Er blickte auf seine Armbanduhr. „Sie müssten eigentlich jeden Moment hier sein."

Der Leiter des Augsburger Mordkommission blickte den Polizeibeamten mit zusammengekniffenen Augen an. „Ich gehe mal davon aus, dass sie auch jemanden vom KIT verständigt haben, wenn sie schon eigenmächtig entscheiden und die Eltern hierherbringen lassen?"

„Das versteht sich bei einem Suizid von selbst, Herr Hauptkommissar. Es wartet bereits eine Mitarbeiterin vom Kriseninterventionsteam drüben beim Rettungswagen."

„Ob dies ein Suizid war, wird sich erst noch herausstellen, Herr Kollege", meinte Markowitsch etwas angesäuert. „Normalerweise sollten sie hier alles abriegeln und auf uns, beziehungsweise den Staatsanwalt warten, der im Anschluss die weiteren Schritte einleitet, bevor so eine Geschichte an die Öffentlichkeit geht." Mit diesen Worten ließ er den Nördlinger Kollegen stehen und wandte sich an Rolf Zacher.

„Haben sie schon irgendwas für uns, das uns weiterhilft, Zacher? Irgendeinen Anhaltspunkt, den wir den Eltern mitteilen können?"

Rolf Zacher erhob sich aus seiner hockenden Position. „Auch, wenn sie es manchmal zu glauben scheinen, Markowitsch. Ich kann nicht hellsehen. Sonst würde ich nämlich beim Zirkus arbeiten und nicht in der Rechtsmedizin. Ich weiß auch noch nicht mehr als alle anderen hier. Laut Schilderung ihres Kollegen ist die junge Frau von dort oben gesprungen."

Rolf Zacher hob die Hand und deutete seinem Blick folgend zur Spitze des Silos. „Ihre Verletzungen sind typisch für einen Sturz aus dieser Höhe. Das Blut aus ihren Ohren deutet mit Sicherheit auf eine Schädelverletzung hin. Beim Aufprall hat sie sich wohl zusätzlich mehrere Rippen gebrochen und sicher auch innere Verletzungen zugezogen. Zur genauen Todesursache kann ich ihnen erst etwas sagen, wenn ich die leider viel zu junge Dame bei mir auf dem Tisch hatte. Weshalb sie sich als Storch verkleidet hat, ist mir aktuell allerdings noch ein Rätsel."

Als in diesem Augenblick ein Polizeifahrzeug auf das Gelände fuhr, richteten sich die Augen der Beamten auf die drei Männer und eine Frau, die aus dem Wagen ausstiegen. Die beiden Personen neben den Polizeibeamten schienen wohl die Eltern von Lea Krasser zu sein. Robert Markowitsch wurde etwas unruhig, doch aus den Augenwinkeln nahm er wahr, dass der Notarzt mit der Kollegin vom KIT bereits herbeieilte. Die Eltern ließen sich jedoch nicht davon abhalten, sich ihrer verunglückten Tochter zu nähern. Carola Krasser zitterte am ganzen Körper und war kurz vor der Stelle, an dem der leblose, abgedeckte Körper lag nicht fähig, weiterzugehen. Der Notarzt und die Mitarbeiterin des Kriseninterventionsteams führten sie daraufhin zum Rettungswagen, wo sie vom Arzt ein Beruhigungsmittel verabreicht bekam.

Sven Krasser betrachtete Sekunden später mit ausdrucksloser Mine den leblosen Körper seiner Tochter, bevor er nacheinander in die Gesichter der anwesenden Beamten sah. Keinem von ihnen entging in diesem höchst emotionalen Augenblick, dass sich Svens Hände zu Fäusten geballt hatten, bis das Weiße der Knöchel hervortrat.

„Wer immer auch für deinen Tod verantwortlich ist ..." flüsterte er mit tränenerstickter

Stimme und war nicht in der Lage, den Satz zu vollenden.

Doch Kriminalhauptkommissar Robert Markowitsch erkannte den entschlossenen Ausdruck in Sven Krassers Augen. Er wandte sich in diesem Moment an die Beamten. „Vielleicht sollten sie sich einmal im Gymnasium umhören. Lea hat sich schon des Öfteren darüber geärgert, das ist wohl nicht das richtige Wort, sie war traurig und enttäuscht, dass sie bei manchen Mitschülern nur auf Grund ihrer Krankheit oder besser gesagt der dadurch entstandenen Behinderung wahrgenommen wurde."

„Um welche Krankheit handelte es sich denn bei ihr?", wollte Rolf Zacher wissen.

„Sie litt seit Jahren unter CMT", antwortete Herr Krasser, ohne aber weiter ins Detail zu gehen.

Robert Markowitsch blickte kurz zum Leiter der Kriminaltechnik, der ihm sogleich mit einem kurzen Nicken zu verstehen gab, dass er wohl darüber Bescheid wusste.

„Wir haben bei ihrer Tochter leider kein Handy gefunden", sprach Rolf Zacher weiter.

„Etwas ungewöhnlich für eine junge Frau heutzutage."

„Lea ging niemals ohne ihr Smartphone aus dem Haus", meinte Sven Krasser nach kurzem Überlegen. „Es ist… es war ihr sehr wichtig, schnell mit anderen in Kontakt zu bleiben, wenn ein Treffen wegen ihrer Einschränkung nicht kurzfristig möglich war."

„Sie haben nicht bemerkt, dass ihre Tochter heute so früh am Morgen das Haus verlassen hatte?", fragte der Hauptkommissar weiter.

„Nein", schüttelte Sven Krasser den Kopf. „Sie sagte gestern Abend nur, dass sie sich vor der Schule noch mit Annika treffen wollte, um den Stoff für eine anstehende Prüfungsarbeit nochmals durchzugehen. Deshalb war uns klar, dass sie um die Zeit, als wir aufgestanden sind, bereits aus dem Haus war. Sie wollte bei Annika frühstücken."

Staatsanwalt Stefan Klauber, ein junger, talentierter Jurist, hatte die Szenerie bis dahin zwar stumm, aber nicht teilnahmslos verfolgt. Er hatte in Situationen wie dieser noch keine allzu großen Erfahrungen, wollte allerdings sein theoretisches Fachwissen in den Fall miteinbringen.

„Klauber, von der Staatsanwaltschaft in Augsburg", stellte er sich Leas Vater vor. „Mein aufrichtiges Beileid, Herr Krasser. So schlimm es sich für sie im ersten Moment anhören muss, handelt es sich beim Tod ihrer Tochter zunächst um einen Suizid, eventuell auch einen Unfall. Das wird sich durch die Ermittlungen der Kolleginnen und Kollegen hier sicher noch herausstellen. Sie erwähnten allerdings gerade irgendwelche Mitschüler ihrer Tochter. Wissen sie, um wen es sich dabei genau handelt? Haben sie vielleicht sogar irgendwelche Namen für uns?"

Wer Stefan Klauber kannte, der wusste genau, dass dieser sich nun im Sinne der Gerechtigkeit in seinem Element befand. Er versuchte, Sven Krasser seine Vermutung darzulegen.

„Sollte es sich nämlich herausstellen, dass noch andere Personen, weshalb auch immer, etwas mit dieser schrecklichen Geschichte hier zu tun haben, dann sprechen wir nicht mehr von einem Unfall oder einem Suizid."

„Nun machen sie mal nicht gleich die Pferde scheu, Herr Klauber", unterbrach der leitende Kriminalhauptkommissar den Staatsanwalt. Er hatte bei dessen forschem Erklärungsversuch beobachtet, dass Sven Krasser zunehmend nervös wurde und zu zittern anfing. Er konnte sich die mentale Belastung des Mannes durchaus vorstellen und wollte die ganze Situation für den Augenblick entschärfen, bevor diese zu einer psychischen Eskalation führte.

„Jetzt ist es erst einmal wichtig, dass Herr Krasser und seine Frau ärztliche Hilfe erhalten und wir abseits von Spekulationen die vorhandenen Spuren sichern. Ich denke, für den heutigen Tag haben wir alle genügend zu verarbeiten."

Markowitsch wandte sich nun direkt an Leas Vater. „Wenn es für sie und ihre Frau in Ordnung ist, würden wir uns morgen Vormittag wieder bei ihnen melden, um noch weitere Fragen zu klären."

Mit einem entsprechenden Blick auf Stefan Klauber gab er diesem nun zu verstehen, das bisher Besprochene erst einmal so stehen zu lassen. Mit einem leichten Kopfnicken signalisierte der Staatsanwalt sein stummes Einverständnis.

Das Team der Spurensicherung suchte die unmittelbare Umgebung noch nach möglichen Hinweisen ab, wobei sich zunächst noch keiner von ihnen dazu entscheiden konnte, die stählerne Leiter zum Dach des Silos hinaufzuklettern, um dort eventuell das fehlende Handy von Lea Krasser zu finden. Einer meinte, dass es sich ja um ein digitales Beweisstück handeln würde und ob dafür nicht die neue Kollegin zuständig wäre.

Rita Weiß hatte für diese Argumentationen der männlichen Kollegen nur ein leises Lächeln übrig. Sie packte kurzerhand ein paar notwendige Gegenstände in eine Umhängetasche, gab als Antwort nur ein freundliches „Weicheier" von sich und kletterte anschließend mit sicheren Schritten die Stufen nach oben.

9. Kapitel

Am darauffolgenden Tag herrschte am Oettinger Gymnasium chaotische Aufregung. Es wurde noch vor Beginn des Unterrichts kurzfristig eine Konferenz der Lehrkräfte einberufen. Alle betreffenden Personen waren noch in der Nacht telefonisch in Kenntnis gesetzt worden.

„Einen guten Morgen zu wünschen, wäre wohl nicht ganz angebracht an diesem Tag", begann der Schulleiter mit seiner Begrüßung. Er schluckte schwer, ganz so, als müsste er einen trockenen Bissen seines Frühstücks hinunterwürgen. „Dennoch möchte ich mich bei ihnen bedanken, dass sie alle vollständig meinem Aufruf gefolgt sind. Ich habe gestern bis spät in die Nacht hinein noch mehrere Telefonate geführt, bei denen sich ein Verdacht ergeben hat, dass Vorfälle an unserer Schule in direktem Zusammenhang mit dem Tod von Lea

Krasser stehen. Weiß irgendjemand von ihnen etwas darüber? Sie müssen sich jetzt nicht dazu äußern, aber sie sollten sich darüber im Klaren sein, dass in Kürze die Polizei hier erscheinen wird, um entsprechende Befragungen durchzuführen. Das gilt in erster Linie für die Fachkräfte der Abschlussklassen, aber auch für alle anderen. Ich will, dass dieser in meinen Augen sinnlose Tod unserer Schülerin aufgeklärt wird. Nicht auch zuletzt deshalb, um den hervorragenden Ruf unserer Schule zu bewahren."

Dass es an diesem Tag kaum möglich war, den normalen Unterrichtsstoff durchzuziehen, war für alle selbsterklärend. Manche von den Lehrkräften forderten ihrer Schülerinnen und Schüler dazu auf, positive Erlebnisse mit Lea und ebensolche Erinnerungen zu schildern. Sie wollten dadurch erreichen, dass man die verstorbene Klassenkameradin in möglichst guter Erinnerung behalten würde. Andere schickten ihre Klasse einfach öfter in die Pause.

Während einer dieser Pausen fand sich auch die kleine Gruppe zusammen, die so manchen ihrer vermeintlichen Späße auf Leas Kosten durchgeführt hatte.

„Krass, krasser, Lea", gab einer unbedacht zum Besten. „Den Spruch können wir zukünftig wohl vergessen."

„Hoffentlich war die letzte Aktion nicht too much", meinte ein anderer. „Lea schien ja echt geschockt zu sein, als sie das gesehen hat."

„Ach was", winkte der Älteste unter ihnen ab. „Ihr glaubt doch nicht wirklich, dass sich unser Storchenbein wegen ein paar harmloser Clips ins Jenseits befördert hat. Da müsste es ja auf der Welt nur so wimmeln vor lauter Selbstmördern."

„Suizidgefährdeten", meinte einer der drei Jungs. „Das ist etwas Anderes als Selbstmord. Bei Selbstmord, so sagt es ja schon die zweite Silbe aus, könnte eine strafbare Handlung vorausgegangen, oder aber auslösend gewesen sein. Dagegen wird ein Suizid eher als emotionale Verzweiflungstat beschrieben, bei der keine auslösenden Handlungen von weiteren Personen involviert sind, auf welche Weise auch immer."

Diese Erklärung brachte dem Jungen eine Kopfnuss seines Mitschülers ein. „Hey, Tim Oberschlau. Nur, weil du ein Referat über dieses Thema gehalten hast, musst du dich hier nicht als Klassenpsychologe aufspielen, klar? Ich will damit nur sagen, dass wegen ein paar Funclips niemand auf die Idee kommt, sich umzubringen. Also mach dich nicht gleich nass, du Beckenrandschwimmer. Manchmal habe ich den Eindruck, dass du Gefühle kriegst, wenn du die Krasser anschaust."

„Angeschaut *hast*", verbesserte Tim als Antwort.

Benjamin Kriegers Augen verengten sich augenblicklich, doch er unterdrückte eine entsprechende Reaktion, winkte nur kurz ab und ließ seine beiden Mitschüler einfach stehen.

10. Kapitel

Kriminaloberkommissar Peter Neumann betrat am Morgen gerade das Büro seines Vorgesetzten, als dessen Telefon läutete und Robert Markowitsch automatisch nach dem Hörer griff, als er die Nummer des Anrufers erkannt hatte.

„Zacher, ihr Anruf kommt wie gerufen. Haben sie neue Erkenntnisse für uns im Hinblick auf den Tod von Lea Krasser?"

„Natürlich, Markowitsch. Würde ich sie ansonsten beim Kaffeetrinken stören? Die Obduktion der Leiche hat die vom Vater erwähnte Krankheit bestätigt. Sie litt wohl tatsächlich unter CMT, der Charcot-Marie-Tooth-Erkrankung. Wenn wir in Erfahrung bringen könnten, wer der behandelnde Arzt von Lea Krasser war, würde ich zur Sicherheit aber noch die Krankenakte anfordern, um meine Ergebnisse bestätigt zu bekommen.

Todesursächlich waren, wie schon vermutet, die schweren Verletzungen, die sich die junge Frau durch den Sturz zugezogen hat. Meiner Meinung nach muss sie sich in einem akuten, psychischen Ausnahmezustand befunden haben. Anders kann ich mir die körperliche Lage, in der wir sie aufgefunden haben, nicht erklären. Ihr Arme waren ja ausgebreitet, als hätte sie versucht zu fliegen. Es hat ihr dadurch beim Aufprall regelrecht den Brustkorb eingedrückt und dabei lebenswichtige Organe verletzt. In erster Linie wurden dabei Rippen gebrochen, die sich in Lunge und Herz gebohrt haben. Sie muss auf der Stelle tot gewesen sein und hat mit ziemlicher Sicherheit keine großen Schmerzen mehr verspürt."

„Neumann hier. Hallo Herr Zacher. Können sie meine Vermutung dahingehend bestätigen, dass man die CMT-Krankheit in der Umgangssprache auch als Storchenfuß bezeichnet?"

„Das ist richtig", bestätigte Rolf Zacher die Nachfrage des Oberkommissars.

„Ich weiß, das ist jetzt etwas weit hergeholt, aber ich will mal etwas spekulieren. Wenn ich ihre Aussage mit der äußerst ungewöhnlichen Verkleidung der Toten in Verbindung bringe, dazu das fehlende Handy und die Aussage des Zeugen, dann könnte es durchaus sein, dass Lea Krasser nicht aus freien Stücken ihr Leben weggeworfen hat."

„Das herauszufinden ist Gott sei Dank nicht Aufgabe der Kriminaltechnik, meine Herren", meinte der Rechtsmediziner.

„Müssen sie auch nicht, Zacher", meinte Robert Markowitsch. „Sie haben uns mit ihren Ergebnissen schon mal ein ganzes Stück weitergeholfen. Danke, wir sehen uns."

„Ich bin noch nicht fertig, Markowitsch", verhinderte der Leiter der Kriminaltechnik zunächst das Ende des Telefonats. „Wir konnten zudem feststellen, dass im Gesicht der Toten ziemlich gepfuscht wurde. Genauer gesagt, waren ihre Lippen absolut unprofessionell mit einer verunreinigten Hyaluronsäure unterspritzt. Dies war zum Zeitpunkt des Auffindens auf Grund der massiven Verletzungen im Gesicht leider nicht feststellbar und hat sich erst bei der Obduktion herausgestellt."

„Also handelt es sich möglicherweise um eine vorsätzliche Körperverletzung, die Lea Krasser in den Tod getrieben hat?", fragte Peter Neumann.

„Ich würde jetzt nicht so weit gehen, dass sich jemand nur deshalb umbringt, weil man die Lippen verpfuscht hat. Das wäre im Normalfall mit einem ärztlichen Eingriff nach mehreren Tagen wieder zu korrigieren gewesen. Außerdem könnte sie sich das Zeug auch selbst gespritzt haben. Man kann sich im Internet zum Beispiel Pens mit Hyaluronsäure bestellen. Die funktionieren mit Druckluft und schießen das Zeug fast schmerzfrei unter die Haut. Aber wie in so vielen Dingen gibt es auch hier schwarze Schafe, die ihr Geschäft mit Dumpingpreisen betreiben. Anzeigen gibt es aus Scham der Betroffenen meist nie."

„Gut, Zacher", gab Robert Markowitsch zurück. „Trotzdem danke für diese Information. Wir sehen uns."

Damit beendete der Kriminalhauptkommissar das Gespräch und legte das Telefon auf seinen Platz zurück. „Informieren sie Berger über den aktuellen Stand und sagen sie ihm, dass wir uns jetzt auf den Weg nach Oettingen machen", gab er noch die Anweisung an Peter Neumann

Eine Dreiviertelstunde später passierte das Dienstfahrzeug das Harburger Tunnel und führte die beiden Ermittler in den Rieskrater.

„Dieser Ausblick ist schon einen Besuch wert", meinte der Kriminaloberkommissar.

„Da haben sie wohl recht, Neumann, doch deshalb sind wir ja nicht hierher unterwegs. Unsere Besuche haben meistens einen unangenehmen Grund."

„Der nicht mehr allzu weit weg auf uns wartet", deutete Peter Neumann auf einen Wegweiser. „Rechts weg geht's nach Oettingen."

Der Kriminalhauptkommissar blinkte jedoch und zog den Wagen auf die linke Spur, um einen Lkw zu überholen. „Wir nehmen heute mal einen kleinen Umweg über Reimlingen. Ich möchte gerne einmal über das Millionenbauwerk der B 25 fahren. So eine teure Breze bekommen sie nicht mal in der besten Bäckerei zu sehen."

„Wobei ja vor einigen Wochen in der Zeitung zu lesen war, dass die angeblich besten Brezen aus einer Nördlinger Bäckerei stammen sollen", meinte Peter Neumann darauf.

So dauerte es noch etwas mehr als eine halbe Stunde, bevor der Dienstwagen der Augsburger Mordkommission durch das Stadttor mit dem Königsturm in die Oettinger Altstadt rollte.

„Wenn ich auf die Turmuhr schaue", meinte Peter Neumann, „dann fehlt mir der morgendliche Cappuccino in ihrem Büro."

„Wo sie recht haben, Neumann, da haben sie recht", pflichtete Robert Markowitsch dem Kollegen bei und lenkte das Fahrzeug kurz darauf an den Straßenrand. „Sieht aber so aus, als hätte das Stadtcafé noch geschlossen," bemerkte er mit einem Blick auf die Öffnungszeiten an der Eingangstür.

„Dann versuchen wir es eben auf der anderen Seite", meinte Peter Neumann, der dort vier aufgestellte Tische mit Stühlen entdeckt hatte. „Scheint so, als könnten wir dort auch in der Sonne sitzen."

Nachdem die beiden Kriminalbeamten ihr Dienstfahrzeug verlassen und die Straße überquert hatten, erfolgte zunächst ein kurzer Rundumblick auf die von ihrem Parkplatz aus erkennbare Innenstadt.

Als die markantesten Gebäude waren auf der einen Seite natürlich das Residenzschloss der fürstlichen Familie Oettingen-Spielberg und die Kirche auszumachen, sowie auf der anderen Seite das Rathaus und das sich noch immer in der Renovierung befindliche Hotel Krone.

Robert Markowitsch und Peter Neumann hatten gerade mit ihren Getränken an einem der aufgestellten Tische vor dem Bäckereicafé Platz genommen, als ihnen eines der Oettinger Markenzeichen bewusstwurde.

Zunächst akustisch, durch das immer wieder vernehmbare Klappern, erblickten sie alsbald auf mehreren Dächern eine Vielzahl an Störchen.

Vereinzelte Touristen fielen ihnen auf, die interessiert nach oben deuteten und danach das Geschehen per Foto oder Videoaufnahme festhielten. Auch Peter Neumann deutete jetzt auf eines der Dächer.

„Das sieht ja ganz nett aus und hört sich auch interessant an", meinte der Kriminalhauptkommissar. „Aber mal ehrlich, Neumann. Hätten sie denn gerne so ein Nest auf dem Dach und dann vielleicht auch noch in unmittelbarer Nähe ihres Schlafzimmerfensters? Ich denke, dass mir persönlich der Lärm irgendwann auf die Nerven gehen würde."

„Da dürften letztendlich wohl nur Schallschutzfenster helfen, vorausgesetzt, man darf diese in den teilweise historischen Gebäuden verwenden."

„Das ewige Problem der deutschen Bürokratie und der dadurch entstehenden Vorschriften. Apropos Vorschriften", meinte Robert Markowitsch, nachdem er seine Tasse geleert hatte.

„Die gibt es bei uns ja auch und deshalb wird es jetzt Zeit, dass wir uns dem eigentlichen Grund unseres Besuches in Oettingen widmen. Erst in die Schule, oder lieber erst zu den Angehörigen?", fragte er seinen Kollegen.

„Beides gleichzeitig", kam dessen Gegenvorschlag. „Sie setzen mich am Gymnasium ab und fahren weiter zur Familie Krasser."

Markowitsch verzog etwas seinen Mundwinkel. „Weil ich besser mit Angehörigen kann als sie?"

„Nein", antwortete Peter Neumann, „weil ich mit Jugendlichen besser kann als sie."

Wobei er sowohl die Erfahrung, als auch das Einfühlungsvermögen seines Vorgesetzten absolut zu schätzen wusste.

„Also gut", gab der Augsburger Kriminalhauptkommissar nach, und so führte der Weg durch das Stadttor am Residenzschloss die beiden Beamten wieder aus der Altstadt hinaus.

Der freundlichen Stimme des Navigationsgerätes folgend fuhren sie die Kellerstraße stadtauswärts und bogen anschließend auf Höhe der Oettinger Brauerei nach links in die Goethestraße ab. Kurz darauf hielt Robert Markowitsch den Wagen vor dem Gebäude des Gymnasiums an.

„Ich hoffe, sie haben ihre Hausaufgaben erledigt, Neumann. Dass mir ja keine Klagen von den Lehrern kommen", ermahnte er lächelnd mit erhobenem Finger seinen Kollegen. „Wer von uns zuerst fertig ist, meldet sich kurz per Handy."

11. Kapitel

Im Oettinger Rathaus herrschte an diesem Vormittag helle Aufregung. Die Tierärztin erschien kurzfristig und unangemeldet im Büro des Bürgermeisters.

„Ich weiß nicht, wo das noch hinführen soll, Herr Moritz", meinte sie mit erkennbar Erregung in ihrer Stimme. „Kürzlich erst habe ich das Thema in der Stadtratssitzung angesprochen, jetzt wurde ich erneut benachrichtigt, dass auf einer Wiese in der Nähe des Bahnübergangs Richtung Nördlingen mindestens drei tote Störche zu finden wären. Wollten sie nicht etwas dagegen unternehmen?"

Frank Moritz erhob sich von seinem Platz und ging einige Schritte in seinem Büro auf und ab. „Ich kann verstehen, dass sie mit dieser Situation unzufrieden sind, Frau Doktor Wendlinger. Aber momentan habe ich ganz andere Sorgen. Sie haben sicher auch die Nachricht vom Tod der Schülerin aus unserem Gymnasium mitbekommen."

„Natürlich", reagierte nun auch die Tierärztin betroffen. „Wenn ich mir vorstelle, das wäre meine Tochter gewesen, man möchte gar nicht darüber nachdenken."

„Sie werden sicher verstehen, dass ich jetzt in erster Linie den Eltern und der Schule meine Aufmerksamkeit und Unterstützung zukommen lassen muss.

Wegen der tierquälerischen Gemeinheit gegenüber den Störchen werde ich natürlich auch am Ball bleiben. Haben sie noch irgendetwas Genaueres zu den toten Tieren?"

„Ich habe sie unmittelbar danach in meine Praxis geholt und untersucht", antwortete Margit Wendlinger. „Der Unterschied zu den vorhergehenden Tieren liegt darin, dass sie diesmal mit vergifteten Ködern getötet wurden. Irgendwo da draußen läuft anscheinend jemand herum, der es auf unsere Störche abgesehen hat."

Frank Moritz hatte nun wieder Platz genommen und saß mit zusammengepressten Lippen hinter seinem Schreibtisch und überlegte, was er der Tierärztin antworten sollte. „Frau Doktor Wendlinger, dieses Thema lässt sich nicht von heute auf morgen lösen", versuchte er die Frau zu beruhigen. „Ich kann in der jetzigen Situation nicht die ganze Stadt und die nähere Umgebung vierundzwanzig Stunden bewachen lassen. Wir haben an die vierzig Storchenpaare. Das ist ein Ding der Unmöglichkeit.

Ich werde umgehend über die Tageszeitung und unsere Webseite einen Aufruf an die Bevölkerung starten lassen, mit der Bitte, dass alle ihre Augen offenhalten, um die Tiere und somit auch einen Teil des Oettinger Kulturgutes vor weiterem Schaden zu bewahren."

„Danke, das ist aber auch das Mindeste, das ich erwarte. Ihnen ist schon klar, dass ich die Sache nun der Polizei melden muss. Es ist jetzt schon das zweite Mal innerhalb kurzer Zeit passiert."

„Ich weiß", pflichtete der Bürgermeister der Tierärztin bei. „Wobei Tiere ja im Sinne des Gesetzes lediglich als eine Sache behandelt werden."

„Das ist mir durchaus bewusst", antwortete Frau Doktor Wendlinger. „Wenn diese Tiere allerdings vorsätzlich getötet werden, ist es eine Straftat im Sinne des Tierschutzgesetzes."

Die Tierärztin war gerade im Begriff sich zu verabschieden und die Bürotür zu schließen, als sie Frank Moritz zurückrief. „Entschuldigen sie die vielleicht etwas pikante Frage, die keinesfalls pietätlos gelten soll. Wie verfahren sie weiter mit den toten Störchen?"

Die Besucherin des Bürgermeisters sah diesen mit zweifelhaftem Blick an. „Ich weiß nicht, was sie daran interessiert, Herr Moritz, aber ich werde von den Tieren entsprechende Fotos zur Dokumentation anfertigen, und sie anschließend in die Tierkörperverwertung bringen."

Das Oettinger Stadtoberhaupt kaute nervös auf seiner Unterlippe herum und schaute dabei aus dem Fenster, ganz so, als wollte er den direkten Blickkontakt mit der Veterinärin vermeiden. Ohne sich umzudrehen kam ihm deshalb seine Frage auch nur sehr zögerlich über die Lippen.

„Wäre es für sie denn vorstellbar, den Tod der Tiere nicht offiziell zu melden und sie stattdessen von einem Präparator als Anschauungsobjekte herrichten zu lassen?"

Die Oettinger Tierärztin schien kurz zu überlegen, bevor sie plötzlich mit schnellen Schritten von der Tür wieder in Richtung Schreibtisch ging und direkt davor stehenblieb. Sie stützte sich mit beiden Händen an der Tischkante ab und sah dem Bürgermeister scharf in die Augen. Mit einem wissenden Unterton in ihrer Stimme ließ sie keinen Zweifel daran, dass sie den Grund für die vorangegangene Frage genau ahnte.

„Ich kann mir denken, für was sie die Störche ausstopfen lassen wollen, Herr Moritz. Ihnen schwirrt die Idee über die Zusammenarbeit zwischen der Stadt und der Brauerei im Kopf herum. Der Kupferkessel ist viel zu niedrig, um darauf ein Nest mit lebenden Störchen zu platzieren."

Margit Wendlinger drehte sich um, verschränkte ihre Arme und lehnte sich gegen den Schreibtisch des Bürgermeisters.

„Unter einer Bedingung", sprach sie nach einer kurzen Überlegungspause. „Wenn ihre Strategie aufgehen sollte, will ich ein tierärztliches Betreuungszentrum für unsere Störche."

Frank Moritz war sich seiner Sache sicher und schließlich hatte er auch vor, noch länger der amtierende Bürgermeister in Oettingen zu sein. Also willigte er ohne langes Zögern in die Forderung der Tierärztin ein.

12. Kapitel

So langsam wurde Frank Moritz nervös. Zum einen hatte er nach wie vor noch keine Rückmeldung von Richard Claasberg bezüglich seines Gesprächs mit der Brauerei erhalten, zum anderen gab es immer wieder die nervigen Anfragen der Presse, was er über den, zu diesem Zeitpunkt als Suizid bekannten Tod von Lea Krasser zu sagen hatte. Er war bereits mit dem bayerischen Kultusministerium in Kontakt getreten, mit der Bitte, eine entsprechende Anweisung zur Zusammenarbeit mit den Ermittlungsbehörden an die Verantwortlichen des Oettinger Gymnasiums zu geben.

Der Bürgermeister griff nun zum Telefon, um seinen externen Mitarbeiter zu kontaktieren, als dieser im gleichen Augenblick nach einem kurzen Anklopfen das Büro betrat.

„Herr Claasberg", begrüßte Frank Moritz seinen unerwarteten Besucher, sichtlich froh darüber, dass er so ein unangenehmes Telefonat umgehen konnte. „Nehmen sie doch Platz. Kaffee?" Er bat seine Sekretärin darum, zweimal Kaffee ins Büro zu bringen und bis auf Weiteres keine Telefonate oder Besuche durchzustellen. „Ich hoffe, dass sie mit guten Neuigkeiten kommen", sprach er. „Die ganze Welt meldet sich bei mir und will irgendwelche Informationen über den Tod von Lea Krasser. Nach dieser unsäglichen Geschichte, von der sie sicher gehört haben und unserer aufgebrachten Tierärztin wegen der toten Störche, könnte ich jetzt einmal eine positive Nachricht vertragen, um sie der Öffentlichkeit mitzuteilen."

Der von Frank Moritz beauftragte Fachmann zog eine Mappe mit seiner angefertigten Expertise aus seinem mitgebrachten Aktenkoffer.

„Auch, wenn der Anlass sicher nicht passend ist, Herr Moritz, den ersten positiven Ansatz haben sie doch schon", meinte Richard Claasberg. „Die ganze Welt meldet sich bei ihnen. Jetzt müssten sie diese nur noch hierherbringen. Doch ich will ihre Erwartungen mal nicht allzu lange auf die Folter spannen. Die Recherchen mittels meiner KI-Software sind soweit abgeschlossen, dass ich Folgendes sagen kann: Um eine finanzielle Investition werden sie nicht herumkommen, das dürfte wohl auch für sie außer Zweifel stehen. Wie hoch diese letztendlich ausfallen wird, hängt natürlich davon ab, ob und wenn ja, für welchen Weg die Stadt sich entscheidet. Am kostspieligsten sehe ich die Rundfunk- und Fernsehwerbung, da diese regelmäßig ausgestrahlt werden müsste. Zudem spricht man dadurch in erster Linie die ältere Generation an, da die Jüngeren diese Medien nur sehr wenig bis gar nicht nutzen. Hier müsste man auf Onlinewerbung setzen. Das heißt, dass eine vordere Platzierung bei Suchmaschinen unabdingbar wäre.

Eine andere Möglichkeit, die ich finanziell jedoch nicht einschätzen kann, wäre die Gründung eines Storchenparks, beispielsweise Storchenpark Donauries. Es gibt bereits ähnliche Projekte in Europa. Geeignete Flächen, die dafür genutzt werden könnten, müssten sie natürlich irgendwie zur Verfügung stellen.

Am effektivsten wäre meiner Meinung nach die auch von ihrer Seite angestrebte Kooperation mit dem Brauhaus. Erstens bestehen bereits weltweite Vertriebswege und zweitens werden die Getränke, soweit ich recherchiert habe, von der jüngeren bis hin zur älteren Generation gleichermaßen konsumiert. Ich habe ja in dieser Richtung bereits erste Gespräche geführt. Auch entsprechende Vorschläge habe ich unterbreitet, welche nun bei der verantwortlichen Geschäftsleitung liegen. Eine endgültige Entscheidung darüber erwarte ich in den nächsten Tagen. Sollte der Deal zustande kommen, müsste man über einen entsprechenden Vertrag verhandeln. Ich könnte mir vorstellen, dass man eventuell beim Thema Gewerbesteuer, oder etwas anderem in dieser Richtung, sicherlich eine Einigung erzielen könnte."

Der zunächst etwas skeptische Blick des Oettinger Bürgermeisters während der Erläuterungen von Richard Claasberg war inzwischen einer sichtbaren Erleichterung gewichen. „Das hört sich alles in allem gar nicht so schlecht an", meinte er. „Ich werde die einzelnen Optionen in der nächsten Stadtratssitzung präsentieren. Je nach Entscheidung, die hoffentlich zeitnah fallen wird, werde ich mich bei ihnen melden, um eine entsprechende Abschlagszahlung ihres Honorars zu vereinbaren. Sollte sich das Ergebnis so gestalten, wie ich es erhoffe und sie es bereits priorisiert haben, werde ich ihnen nach den erfolgten Vertragsverhandlungen mit der Brauerei das vereinbarte Honorar komplett überweisen."

Frank Moritz nahm die Kopie von Richard Claasbergs Unterlagen entgegen und verabschiedete sich mit einem zufriedenen Gefühl. Dass sein externer Mitarbeiter aufgrund seiner Aussagen noch eine weitere Möglichkeit ins Auge gefasst hatte, ließ er den Oettinger Bürgermeister noch nicht wissen.

13. Kapitel

Oberstaatsanwalt Frank Berger kam wie vereinbart gegen zehn Uhr ins Büro der Augsburger Mordkommission. Er hatte Robert Markowitsch darüber informiert, dass er bei den Befragungen der Abiturienten aus dem Oettinger Gymnasium auf jeden Fall dabei sein möchte.

„Guten Morgen, meine Herren", begrüßte er die beiden Kriminalbeamten. „Wie ich soeben im Flur sehen konnte, sind die infrage kommenden Personen schon vor Ort. Also können wir ja zeitnah beginnen."

„Einer der geladenen Schüler fehlt uns noch", antwortete Peter Neumann. „Wir lassen aber bereits in Oettingen nachfragen, ob es einen besonderen Grund dafür gibt, oder ob er den Termin einfach nur versäumt hat, was ich mir auf Grund der Ereignisse allerdings nicht vorstellen kann."

Frank Berger sah sich die Namensliste der Schülerinnen und Schüler durch und las die entsprechenden Vermerke dazu. „Ich würde sagen, wir beginnen mit Frau Fechter. Sie scheint ja laut Notiz eine enge Vertraute der Verstorbenen gewesen zu sein."

„Ihre beste und wohl auch einzige richtige Freundin, laut Aussagen verschiedener Personen", ergänzte Peter Neumann, während er dabei war, die junge Frau ins Büro zu rufen.

Als die Schülerin wenig später den drei Männern gegenübersaß, waren ihr die emotionalen Auswirkungen der vergangenen Tage deutlich anzusehen. Sie hatte dunkle Ringe unter ihren geröteten Augen, wobei Robert Markowitsch ihr nervöser Blick auffiel, der unruhig im Zimmer umherirrte. Ein kurzer Blick zu Peter Neumann reichte aus, damit dieser Annika etwas zu trinken anbot.

„Einen Tee, oder ein Wasser bitte", antwortete sie.

Während der kurzen Wartezeit stellte Robert Markowitsch ein Aufnahmegerät auf den Tisch, um die Zeugenbefragung aufzuzeichnen.

„Frau Fechter", begann der Oberstaatsanwalt wenig später. „Wir werden ihnen nun einige Fragen zum Freitod von Lea Krasser stellen, die sie uns bitte genau und wahrheitsgemäß beantworten. Fühlen sie sich dazu in der Lage, oder möchten sie lieber zunächst etwas aus ihrer Sicht dazu sagen?"

Annika zog ein Papiertaschentuch aus ihrer Tasche und schnäuzte sich einige Male. Danach steckte sie das Tuch zurück, sah den Oberstaatsanwalt an und nickte. „Lea ist ganz bestimmt nicht freiwillig von da oben gesprungen." Wobei sie das Wort freiwillig etwas verächtlich betonte. „Niemals hätte sie ihr Leben einfach so", die Schülerin zögerte etwas, „so idiotisch und überdreht weggeworfen."

Frank Berger und Robert Markowitsch sahen sich kurz an.

„Was meinen sie mit idiotisch und überdreht, Frau Fechter?", fragte der Kriminalhauptkommissar nach.

Annika senkte den Kopf und biss sich auf die Unterlippe, als hätte sie gerade etwas ausgesprochen, das niemand hätte hören sollen.

Auch der Oberstaatsanwalt deutete dies dank seiner Erfahrung so.

„Wie kommen sie zu dieser Annahme, Frau Fechter?", fragte er nun etwas energischer. „Wissen sie vielleicht etwas über die Umstände, das uns noch nicht bekannt ist? Dann muss ich sie darauf hinweisen, dass sie in diesem Fall verpflichtet sind, uns das mitzuteilen. Sollten sie den Ermittlungsbehörden wichtige Informationen vorenthalten, könnten sie sich strafbar machen."

Man konnte der jungen Frau ansehen, dass sie der ganzen Situation nicht mehr gewachsen schien. Mit Tränen in den Augen nahm sie ihr Smartphone zur Hand, entsperrte es und öffnete eine Nachricht in ihrer Messenger-App. „Das hat Lea mir zugeschickt, bevor sie sich vor Verzweiflung umgebracht hat", schluchzte Annika Fechter laut und ihr Körper wurde gleichzeitig von Weinkrämpfen geschüttelt.

Da sie in diesem Augenblick nicht in der Lage schien, das Handy zu bedienen, nahm ihr Kriminaloberkommissar Peter Neumann das Gerät aus der Hand. Er las die letzte Nachricht des Chatverlaufs und ließ danach die erste von zwei Videodateien abspielen. Das, was die Ermittler dann zu sehen und zu hören bekamen, ließ sie zum einen nur mit dem Kopf schütteln, jagte ihnen aber auch einen kalten Schauer über den Rücken.

„Ich halte dieses Leben nicht mehr länger aus", hörte man Lea Krassers verzweifelte Stimme aus dem Lautsprecher des Smartphones. An der etwas undeutlichen Aussprache konnte man erkennen, dass sie Probleme mit dem Sprechen hatte.

„Diese verdammte Krankheit macht mich nicht nur auf Dauer zum Krüppel. Nein. Sie gibt mich auch der Lächerlichkeit preis. Storchenbein, Adebar, so nennen sie mich inzwischen schon auf dem Schulhof. Alle glotzen nur auf meine verfluchten Beine, anstatt mir auch mal ins Gesicht zu sehen. Aber selbst das habe ich mir nun in meiner Blödheit auch noch verkorkst.

Das Handy bewegte sich langsam auf das Gesicht zu und man konnte trotz der frühen Stunde ganz genau die unförmigen Lippen der jungen Frau erkennen, die das Gesicht dadurch regelrecht entstellten.

„Das ist scheinbar die Folge dessen, was uns Herr Zacher mitgeteilt hat", flüsterte Peter Neumann seinen Kollegen zu.

Robert Markowitsch deutete auf das kleine Display, da das Video noch nicht zu Ende war.

„Aber, dass sie mich jetzt mit meiner Krankheit wegen diesem blöden Wettbewerb sogar im Internet lächerlich machen wollen, das halte ich nicht mehr aus. Ich habe es in unseren Klassenchat gestellt, damit sich jeder einmal diesen Dreck anschauen kann."

Während Peter Neumann versuchte, die nun wieder merklich aufgewühlte Annika Fechter etwas zu beruhigen, konnten die Männer erkennen, wie sich die Hand von Lea Krasser mit ihrem Smartphone schräg nach oben bewegte. Man konnte Verzweiflung und Resignation in ihrem Gesicht erkennen. Die nächsten Sätze, die leise und kaum verständlich über ihre unförmigen Lippen kamen, erzeugten Gänsehaut bei allen im Büro anwesenden Personen.

„Ihr wollt also sehen, ob das Storchenbein tatsächlich fliegen kann? Ja? Dann passt mal gut auf."

Durch eine Drehung der Hand war nun der Boden vor dem Silo auf dem Gelände des Bauhofs zu erkennen. Man sah, dass Lea Krasser sich an den Rand des Silos begab und noch einmal kurz in die Kamera blickte. Beinahe gleichzeitig ließ sie sich nach vorn fallen.

„Leeaa." Der so plötzlich erfolgte Aufschrei von Annika Fechter riss die beiden Kriminalbeamten und den Oberstaatsanwalt aus ihrer Schockstarre, die sie beim Betrachten der Szene erfasst hatte. Annika zitterte am ganzen Körper und war vom Kriminaloberkommissar kaum zu beruhigen. Dieser ließ sicherheitshalber gleich einen Arzt rufen, der die junge Frau umgehend in einen dafür vorgesehenen Ruheraum begleitete.

„Das ist ganz starker Tobak", kommentierte Frank Berger als Erster das eben Gesehene. „Hoffentlich müssen sich die Eltern das nicht ansehen."

Er wandte sich Peter Neumann zu.

„Haben sie schon Neuigkeiten über den Verbleib vom Mobiltelefon der Toten?"

„Bis jetzt leider noch nicht, Herr Berger", antwortete Peter Neumann, bevor er laut zu überlegen begann. „Frau Fechter sagte vorhin, dass Lea Krasser ihr das Video zugeschickt hat, bevor sie sich das Leben nahm. Allerdings endet die Aufnahme erst, nachdem Lea Krasser gesprungen ist. Ich bezweifle sehr stark, dass sie im Fallen diese Datei noch versendet hat."

Peter Neumann sah nacheinander in die ratlosen Gesichter von Robert Markowitsch, Frank Berger und Annika Fechter. „Wir können meiner Meinung nach also davon ausgehen, dass die Person, die das Video an Frau Fechter, gesendet hat, auch im Besitz von Lea Krassers Smartphone ist."

Es trat eine kurze Pause ein, bei der die anwesenden Ermittler ihre Gedanken sortierten. Oberstaatsanwalt Frank Berger sprach als Erster. „Donnerwetter, Neumann. Da haben sie wohl ein Zünglein an der Waage entdeckt."

„Tja, Berger. Meine Schule", sagte Robert Markowitsch, bevor er sich lobend an Peter

Neumann wandte. „Sehr gut kombiniert, Herr Kollege. Aber eines fehlt mir noch, um das alles zu verstehen." Er wandte sich wieder an Annika, die sichtlich beruhigt in das Büro zurückgekehrt war. „Welches Video hat Lea Krasser in den Schulchat gestellt?", wollte er wissen. „Haben sie Zugriff auf das System?"

Die Schülerin schüttelte langsam verneinend den Kopf. „Ich habe natürlich im Verlauf nachgesehen, weil ich wissen wollte, welche Gemeinheiten man über Lea verbreitet hat. Ich konnte aber kein Video finden. Entweder hat Lea es nicht richtig eingestellt, oder irgendjemand hat es wieder gelöscht." Für einen Augenblick schien sie intensiv nachzudenken, bevor sie mit einem zornigen Unterton in ihrer Stimme weitersprach.

„Ich kann mir aber denken, wer vielleicht dahintersteckt. Es gibt ein paar Jungs, die andauernd nur so zum Spaß irgendjemanden lächerlich machen."

Der Kriminalhauptkommissar horchte auf. „Was dürfen wir uns denn unter lächerlich machen vorstellen, Frau Fechter?"

„Es gibt einen an unserer Schule, der sich wohl ziemlich gut mit Computer und Internet auskennt. Seit einiger Zeit werden immer wieder anonyme Videos versendet. Keiner weiß, woher. Meistens sind es harmlose Spinnereien. Da wachsen einer Schülerin Hasenohren und ein Stummelschwänzchen. Einmal war ein Mitschüler geschminkt und im Kleid auf einer Bank im Pausenhof zu sehen. Wobei es in diesem Fall schon sehr eindeutig war, denn es ist offiziell bekannt, dass sich Jakob im falschen Körper fühlt und hormonell behandeln lässt. Seine Eltern hatten dies, mit seinem Einverständnis, bei der Schulleitung bekannt gegeben."

„Bei solchen Dingen hört aber der Spaß auf, denn in meinen Augen grenzt das schon an Mobbing", ergriff Oberstaatsanwalt Frank Berger das Wort. „Wenn irgendetwas in dieser Richtung auch mit Lea Krasser passiert ist, möglicherweise nicht nur einmal …" Frank Berger machte eine kurze Pause.

„… dann könnte das für einen psychisch labilen oder sehr sensiblen Menschen durchaus gefährlich werden", vollendete nun Peter Neumann den Satz.

„Warum wird dieser Typ eigentlich nicht befragt?", wollte Annika Fechter wissen, die in diesem Moment aufgesprungen ist. „Die beiden da draußen sind zwar ständig mit ihm zusammen, aber die sind doch bloß seine Hirnis", sprach sie mit zunehmend erregter Stimme.

„Langsam, Frau Fechter", versuchte Robert Markowitsch die junge Frau zu beruhigen.

„Ich nehme an, sie sprechen von Robert Leister?", fragte Frank Berger dazwischen. Er blickte kurz von seinem Smartphone auf und wandte sich an den Kriminaloberkommissar. „Herr Neumann. Gibt es einen bestimmten Grund, weshalb Herr Leister hier nicht anwesend ist?"

„Wir konnten ihn bisher nicht erreichen", bestätigte Peter Neumann das Fehlen des besagten Schülers. „Laut Auskunft seiner Eltern hat er nach dem Frühstück ganz normal das Haus verlassen. Er hatte wohl vor, noch einen Mitschüler aus dem Gymnasium zu treffen, bevor er zu uns kommen wollte."

„Weiß man, wer dieser Mitschüler ist?", fragte Markowitsch nach.

„Nein", antwortete Peter Neumann. „Das hat er seinen Eltern gegenüber nicht erwähnt. Er sagte nur, dass es wohl dringend wäre."

„Dann rufen sie dort an und fragen sie nach, ob er sich zwischenzeitlich wieder gemeldet hat."

„Habe ich bereits erledigt", gab Neumann zurück. „Negativ. Sollen wir ihn suchen lassen?"

„Nun machen sie mal nicht gleich die Pferde scheu, Herr Neumann", warf der Oberstaatsanwalt ein. „Es geht hier zunächst einmal nur um eine Zeugenbefragung und nicht um einen tatverdächtigen Straftäter. Wir warten erst einmal den heutigen Tag ab, er wird doch sicher am Abend wieder zuhause sein. Sie kontaktieren bitte die Familie später noch einmal."

14. Kapitel

Das Telefon von Kristina Luscovitcz läutete, als die Mitarbeiterin des externen Marketingunternehmens sich gerade auf den Weg ins Hotel machen wollte. Sie hatte das gelieferte Werbematerial mit den Auftragsdaten verglichen und war in jeglicher Hinsicht zufrieden. Als sie im Display ihres Smartphones die Nummer des Anrufers erkannte, wusste sie genau, dass ihr heute wahrscheinlich noch ein zwar unangenehmes, aber unausweichliches Gespräch bevorstand.

„Hallo Herr Claasberg", begrüßte sie den Gesprächspartner am anderen Ende der Leitung. „Ich hätte mich zwar morgen sowieso bei ihnen gemeldet, aber wenn sie etwas Zeit haben, kann ich sie gerne, auch bildlich, über den aktuellen Stand unseres Projektes informieren. Ich bin momentan noch in der Brauerei, um ein paar Vorbereitungen abzuschließen. Ich würde anschließend vor dem Versandgebäude auf sie warten."

„Wunderbar, Frau Luscovitcz, sehr gerne", antwortete Richard Claasberg. „Ich bin momentan mit meinem E-Bike unterwegs von Lehmingen auf dem Weg nach Oettingen und stehe gerade am Ortsausgang. Ich hoffe, dass ich es noch schaffe, ohne nass zu werden. Ich schätze mal knapp eine halbe Stunde, aber versprechen kann ich das bei dem Wetter natürlich nicht."

Als er das Gespräch beendet hatte, richtete er seinen skeptischen Blick auf die seit einigen Minuten am Himmel aufgezogenen Wolken. Der Wind hatte aufgefrischt und ein erstes Donnergrollen war zu hören. Etwa auf halber Strecke nach Oettingen spürte der Radfahrer erste, vereinzelte Regentropfen im Gesicht und ein greller Blitz zuckte über den Himmel. Es dauerte letztendlich doch etwas länger, bis Richard Claasberg auf dem Parkplatz vor dem Brauereigelände eintraf und die schon ungeduldig wartende Kristina Luscovitcz mit einer kurzen Entschuldigung begrüßte.

„Es tut mir leid, wenn es doch etwas länger gedauert hat", sprach er. „Auf dem Gelände des Kirchweihfestplatzes stand ein Sportwagen, für den sich offenbar zwei junge Männer interessiert haben. Ob es allerdings ihr eigener war, oder ob sie sich nur daran zu schaffen gemacht haben, konnte ich leider nicht genau erkennen, da das Fahrzeug zwischen den Bäumen stand. Nachschauen wollte ich auch nicht, denn ich hatte keine Lust darauf, nass zu werden, oder am Schluss noch Ärger zu bekommen. Zur Sicherheit habe ich die Polizei informiert, damit sie das eventuell kontrollieren."

Der Mann stellte sein E-Bike auf einem der Pkw Stellplätze vor dem Versandgebäude ab, da sich dort momentan kein weiteres Fahrzeug befand.

„Sie wollten mich über den aktuellen Stand informieren. Haben sie irgendwelche Unterlagen dabei, oder wie hatten sie das mit dem *gerne auch bildlich* am Telefon gemeint?"

Richard Claasbergs Gesprächspartnerin war scheinbar etwas in Eile, was er aber auf das nun einsetzende Gewitter schob. Sie blickte kurz auf ihre Armbanduhr und meinte: „Am besten ist es, wenn ich ihnen das fertige Werbeprodukt einfach vorab schon einmal zeige. Wenn sie mir kurz in die Halle da drüben folgen wollen?" Als in diesem Moment ein heftiger Blitz mit krachendem Donner folgte, eilten die beiden Personen Richtung Eingangstor. Kristina Luscovitcz deutete mit dem Finger nach oben. „Sollte das nicht besser werden, kann ich sie anschließend gerne mit dem Auto nach Hause fahren."

Nachdem sie mit einer Zutrittskarte das Tor geöffnet hatte, folgte ihr Richard Claasberg in das angesprochene Gebäude. Dort wurde er in einem Kühlraum zu einer Palette geführt, auf der sich wohl, mit einer weißen Plane abgedeckt, das angesprochene Objekt befand. Frau Luscovitcz hatte ihm einige Unterlagen gereicht, die er nun im Schnelldurchlauf begutachtete, um die wichtigsten Stellen zu lesen.

„Sie sagten vorhin, dass es sich um ein fertiges Werbeprodukt handelt. Kann ich das jetzt so verstehen, dass mein Vorschlag aufgegriffen und bereits in die Tat umgesetzt wurde?"

Die Frau, die sich nun an die abgedeckte Palette begeben hatte, nickte mit einem selbstbewussten Lächeln.

„Wenn ich einen aussichtsreichen Gedanken im Kopf habe, geht es in der Regel recht schnell, bis dieser in Form eines fertigen Produktes erscheint. Die Geschäftsleitung hat sich meinem Vorschlag angeschlossen, da man durchaus ein entsprechendes Erfolgspotential erkannte. Es wird zwar noch einige Zeit in Anspruch nehmen, bis man selbst in die Produktion einsteigen kann, hat allerdings zur Überbrückung eine akzeptable Zwischenlösung gefunden. Den Vertrag werden wir bei der öffentlichen Präsentation unterzeichnen."

Mit diesen Worten hob sie die weiße Plane an einer Seite an, um diese nach hinten über das darunter befindliche Objekt zu ziehen.

„Na?", fragte sie den momentan sprachlos dastehenden Richard Claasberg. „Finden sie nicht auch, dass man unsere Idee in ein äußerst gelungenes Design umgesetzt hat? Ich habe mir gedacht, dieses Teil direkt neben dem blauen Oettinger Kasten auf der Grünfläche in der Zufahrt aufzustellen. Schwarz-Rot neben dem traditionellen Blau-Weiß, das gäbe mit Sicherheit einen ansprechenden Kontrast. Allerdings wollen die Verantwortlichen nicht nur mit dem neuen Design punkten, sondern auch mit dessen Inhalt überzeugen. Wir werden daher dieses Ausstellungsstück mit dem zukünftigen Energydrink füllen, um es von den geladenen Gästen vor Ort bewerten zu lassen."

Sie deckte das von ihr dargebotene Objekt mittels der weißen Plane wieder zu und bat ihren, in diesem Augenblick äußerst nachdenklichen Besucher hinaus.

„Sie kommen doch zum Pressetermin, wenn wir unser Storchenblut, das neue Produkt der Oettinger Oe-Marke, der Öffentlichkeit präsentieren?", fragte sie Richard Claasberg mit einem selbstgefälligen Lächeln.

15. Kapitel

Nachdem an diesem Abend eine Meldung bei der Nördlinger Polizeiinspektion einging, dass am Oettinger Schießwasen ein verdächtiges Auto, beziehungsweise sich dort auffällig verhaltende Personen gesehen worden sind, traf eine halbe Stunde später ein Streifenwagen vor Ort ein. Die beiden Polizeibeamten stellten ihr Dienstfahrzeug am Rand der Wiese ab, und sahen sich zunächst um. Drei Wohnmobile standen auf dem dafür vorgesehenen Stellplatz, doch im Inneren war kein Licht zu erkennen.

Der Gewitterregen hatte zwischenzeitlich aufgehört und so setzten die beiden Beamten ihre Dienstmützen auf und verließen ihr Fahrzeug. Sie begaben sich zu den abgestellten Wohnmobilen und klopften nacheinander an den Türen. Doch auch nach entsprechendem Zurufen wurde an keinem Fahrzeug eine Türe geöffnet. Nach einem erneuten Rundumblick entdeckten die Polizisten das vom Anrufer beschriebene Fahrzeug an einer Baumgruppe gegenüber des Stellplatzes. Als sie sich dem Wagen näherten, sah es zunächst so aus, als wäre auch dort niemand anzutreffen. Erst, als sie direkt vor dem dunklen Sportwagen standen und durch die abgetönte Seitenscheibe ins Innere blickten, erkannten sie, in beinahe liegender Position, einen jungen Mann auf dem Fahrersitz.

„Personenkontrolle?", kam die Frage der Polizeiobermeisterin an ihren Kollegen. Als dieser zustimmend nickte und gegen die Scheibe der Fahrertüre klopfte, blieb seine Kollegin einige Schritte neben ihm stehen. Da der Mann sich im ersten Moment nicht rührte, versuchte der Beamte erneut, ihn durch kräftiges Anklopfen und zusätzliches Ansprechen auf sich aufmerksam zu machen.

„Polizei, Personenkontrolle", rief er. „Öffnen sie bitte die Fahrertüre."

Er legte seine linke Hand als Blendschutz gegen die Scheibe, doch auch diesmal konnte der

Beamte keine Reaktion im Fahrzeuginneren erkennen. Er langte nach dem Türgriff, blickte zur Seite auf seine Kollegin und nickte ihr zu. Die Polizistin öffnete ihr Pistolenholster und umfasste sogleich den Griff ihrer Waffe, um diese im Notfall schnell zur Hand zu haben. Sekundenbruchteile nachdem die Fahrertüre offenstand, wurde den beiden Polizeibeamten allerdings schnell klar, dass ihnen keine Gefahr drohte.

Der Körper des jungen Mannes lag nicht nur regungslos, sondern offensichtlich auch leblos im Sitz. Mehrere Blutflecke an der Kopfstütze, die durch die abgetönte Scheibe zunächst nicht sichtbar waren, konnte der Beamte jetzt eindeutig erkennen. Ein genauerer Blick an den Hinterkopf des Insassen zeigte dort eine Stelle mit scheinbar angetrocknetem Blut. Der Polizist trat vom Wagen zurück und entdeckte nun auch Blutspritzer am Einstiegsholm der Fahrerseite.

Was ihn allerdings etwas verwirrte, war die Tatsache, dass auf der Rückbank des Wagens ein toter Storch lag.

„Gibst du in Nördlingen Bescheid, dass die Kripo informiert wird?", fragte er seine Kollegin. „Das hier ist definitiv nicht mehr unsere Baustelle. Ich sichere in der Zwischenzeit den Platz ab und schaue mal nach, ob ich irgendwelche Papiere finde. Das wird wohl mal wieder eine längere Schicht werden."

16. Kapitel

Als der Augsburger Oberstaatsanwalt am darauffolgenden Morgen im Büro des Kriminalkommissariats K1 erschien, traf er auf zwei nicht gerade ausgeschlafene Ermittler.

„Jetzt wissen wir wenigstens, weshalb der fehlende Zeuge gestern nicht erschienen ist und auch nicht zu erreichen war", meinte er, nachdem Robert Markowitsch ihn gebeten hatte, Platz zu nehmen. „Ich würde im Übrigen nicht nein sagen, wenn sie mir jetzt einen Kaffee anbieten würden."

Der Kriminalhauptkommissar deutete auf den Kaffeeautomaten, der auf einem Sideboard in der Ecke seines Büros stand. „Einfach eine Tasse drunter stellen, auf den Knopf drücken und einen Moment warten, Berger. Dieses Modell ist auch für Oberstaatsanwälte freigegeben."

Nachdem Frank Berger den ersten Schluck des schwarzen Getränkes zu sich genommen hatte, stellte er die Tasse vor sich auf dem Tisch ab. „Das war ja mal wieder eine kurze Nacht, meine Herren", sprach er mit Blick auf Robert Markowitsch und Peter Neumann. „Haben sie schon Informationen von der KTU?"

„Haben wir", antwortete Peter Neumann, der den vorläufigen Bericht von Rolf Zacher auf seinem Tablet geöffnet hatte. „Laut seiner ersten Diagnose war die Platzwunde am Hinterkopf des Opfers nicht die Todesursache. Er ist wohl nach einem vermutlichen Handgemenge gestürzt und ziemlich heftig mit Kopf und Nacken am Einstiegsholm aufgeschlagen. Daher stammen auch die Blutspuren. Leider war der Aufprall so unglücklich, dass sich der Mann dabei auch einen Nackenwirbel angebrochen hat. Der- oder Diejenige muss ihn also aufgehoben und auf den Fahrersitz zurückbefördert haben. Wer das war, wird eventuell die Auswertung der gefundenen DNA-Spuren und Fingerabdrücke ergeben, falls etwas davon in unserer Datenbank zu finden ist. Das kann allerdings noch bis morgen dauern. Der Regen gestern Abend hat die Arbeit der SpuSi auch nicht gerade vereinfacht."

„Gut, dann warten wir die weiteren Ergebnisse ab", entgegnete Frank Berger. „Apropos Ergebnisse. Nachdem ich bei der Befragung der anderen Zeugen nicht mehr dabei sein konnte: Hat sich denn noch irgendetwas Relevantes zum Tod von Lea Krasser ergeben?"

„Ja", antwortete Peter Neumann, „das hat es. Ich habe auf dem Handy von einem der Schüler eine Videodatei gefunden. Diese gibt meiner Meinung nach Aufschluss darüber, dass Benjamin Krieger wohl derjenige war, der das besagte Video erstellt hat, das letztendlich zum Selbstmord von Lea Krasser führte. Der Kriminaloberkommissar gab sein Tablet an Frank Berger weiter, der sich die Datei ansah.

„Wenn man die Reaktion von Frau Fechter sieht, scheint sie in diesem Augenblick ja ziemlich sauer auf Benjamin Krieger zu sein. Das klingt am Ende schon fast wie eine Drohung." Der Oberstaatsanwalt hob den Kopf und sah den Leiter der Augsburger Kripo fragend an.

„Wie ist denn ihre Meinung dazu, Markowitsch? In Anbetracht der Tatsache, dass sie und Lea Krasser beste Freundinnen waren, könnte man ihr doch glatt ein handfestes Motiv unterstellen."

Robert Markowitsch trommelte mit seinen Fingern auf dem Schreibtisch herum und schien zu überlegen. „Im Grunde muss ich ihnen Recht geben, Berger", meinte er. „Dennoch glaube ich nicht, dass sie für den Tod von Benjamin Krieger verantwortlich ist. Schauen sie sich die Beiden doch mal genau an. Er ist ihr doch rein körperlich gesehen haushoch überlegen. Glauben sie wirklich, er hätte sich von ihr überrumpeln lassen?"

„Man hat schon Pferde kotzen sehen, Markowitsch", antwortete Frank Berger. „Ich würde Frau Fechter liebend gerne direkt mit diesem Video konfrontieren, um dann anhand ihrer Reaktion entsprechende Rückschlüsse zu ziehen."

Der Augsburger Kriminalhauptkommissar zog seine Augenbrauen nach oben, hob die Schultern und meinte schließlich: „Also gut,

Berger. Wenn sie glauben, dass uns das weiterbringt, einen Versuch ist es allemal wert."

Die weitere Kommunikation wurde vom Läuten des Telefons unterbrochen.

17. Kapitel

Es herrschte an diesem frühen Montagvormittag bereits eine aufgeregte Stimmung im Oettinger Rathaus. Bürgermeister Frank Moritz hatte sich einige Sätze für seine kurze Ansprache notiert, um die Wichtigkeit der regionalen Zusammenarbeit zwischen Politik und Wirtschaft hervorzuheben, sowie die Bedeutung für den Tourismus der Region zu betonen. Es würde wohl zu einer für beide Seiten zufriedenstellenden Lösung kommen. Über die vertraglichen Modalitäten des Projekts wird man sich einig werden, da verließ er sich ganz auf seinen externen Berater, da allein schon dessen Honorar erfolgsabhängig war.

Dass genau in diesem Zeitraum zwei noch nicht geklärte Todesfälle die Stimmung in der Stadt drückten, stellte natürlich einen Wermutstropfen dar. Frank Moritz war jedoch davon überzeugt, dass gerade aus diesem Grund eine Erfolgsmeldung für Oettingen ein positives Zeichen setzen könnte.

Der Bürgermeister sah auf die Zeitanzeige des Telefons, das sich auf seinem Schreibtisch befand. Eine knappe Stunde noch, dann würde es einen neuen Schub für den Tourismus und somit auch für die Wirtschaft in seiner Stadt geben. Alle würden seiner Meinung nach davon profitieren. Jeden Augenblick sollte auch Richard Claasberg erscheinen, damit sie sich gemeinsam auf den Weg in die Produktionsstätte der Brauerei begeben konnten. Es würde zunächst ein kleiner Sektempfang stattfinden, damit die Einzelheiten des zeitlichen Ablaufs für die Präsentation nochmals durchgegangen werden konnten. Es würde in Abwechslung mit dem Oettinger Bürgermeister eine kurze Begrüßung der Geschäftsleitung geben, um das grundlegende Prinzip der Zusammenarbeit zu erläutern. Im Anschluss erfolgt die Präsentation mit einer gleichzeitigen Kostprobe des neuen Produktes. Zu guter Letzt wird man sich den Fragen der geladenen Gäste, sowie der Presse stellen.

In der Otto-Kollmar-Straße schaute der verantwortliche Leiter der Marketingabteilung immer wieder etwas skeptisch auf den bewölkten Himmel und hoffte, dass es wenigstens bis zum geplanten Ende der Veranstaltung trocken bleiben würde. Schon beim Sektempfang musste er sich dafür entschuldigen, dass seine externe Kollegin, ganz entgegen ihrer Gewohnheit, mit Abwesenheit glänzte. Nun gut, würde er im Notfall die Präsentation eben selbst übernehmen. Aber noch war ja etwas Zeit, die ausgiebig mit Smalltalk gefüllt werden konnte. So erfuhren manche der Anwesenden, die nicht zu den Insidern der Getränkebranche zählten, wie es zur Einführung der neuen Marke Oe gekommen war.

Es war alles zur Präsentation des neuen Produktes vorbereitet und so entschloss man sich dazu, nicht mehr länger auf Kristina Luscovitcz zu warten. Sicherlich gab es einen plausiblen Grund, der sie an ihrem pünktlichen Erscheinen hinderte. Die Gäste wurden also gebeten, sich an der Grünfläche vor der Geländeausfahrt zu versammeln. Zwei Mitarbeiter der

Brauerei sorgten dafür, dass die während der Veranstaltung ankommenden Lkws über das Gewerbegebiet Munninger Straße umgeleitet wurden.

Zunächst gab es von der Geschäftsführung, sowie dem Oettinger Bürgermeister, einige Worte zur Begrüßung.

„Verehrte Gäste, meine Damen und Herren der Politik, von Presse, Rundfunk und Fernsehen. Dass ich an dieser Stelle keine einzelnen Namen zur Begrüßung nenne, hat den Grund, dass sie uns alle, unabhängig von gesellschaftlichem Status, als entweder bereits bewährte, oder aber als neu hinzukommende Genießer der Oettinger Getränke gleich viel wert sind. Wir freuen uns außerordentlich, dass sie so zahlreich unserer Einladung gefolgt sind. Wie bereits seit mehreren Monaten bekannt, stellt sich auch die Oettinger Brauerei dem Wandel der Zeit und den Anforderungen auf dem Verbrauchermarkt.

Vom Bierbrauunternehmen zum breitgefächerten Getränkehersteller, dies wird unser Weg in die Zukunft sein. Neues kommt, - aber

Tradition bleibt. Altbewährtes in gewohnter Qualität und zum fairen Preis für alle. Wenn sie sich nun fragen, weshalb ein neues Produkt nicht einfach per Pressemitteilung bekanntgemacht wird, so hat dies einen ganz besonderen Hintergrund. Es ist nicht allein das Getränk an sich, sondern vielmehr auch die Idee, die hinter dem Ganzen steckt. Dazu nun einige Sätze des Oettinger Bürgermeisters. Bitte, Frank Moritz."

Unter einem kurzen Applaus bekam nun das Oettinger Stadtoberhaupt das Mikrofon überreicht.

„Einen herzlichen Gruß im Namen der Stadt Oettingen, auch von meiner Seite", begann er. „Dass dieses Zusammentreffen hier einen ganz besonderen Hintergrund hat, wurde ja gerade schon angesprochen. Mir persönlich war und ist es ein großes Anliegen, unsere Stadt möglichst vielen Besuchern aus nah und fern bekanntzumachen. In diesem Zusammenhang möchte ich betonen, dass ich damit die schönen Seiten Oettingens meine, keineswegs die schrecklichen Ereignisse der letzten Tage, die uns alle zutiefst erschüttert haben."

Für einige Augenblicke lag eine bedrückende Stille über dem Gelände. „Wir alle hoffen, dass die ermittelnden Behörden baldmöglichst Erfolg mit ihrer Arbeit haben und dadurch die Schuldigen zur Rechenschaft gezogen werden können.

Lassen sie mich jetzt aber zum Grund dieser Veranstaltung kommen. Es hat sich ja bereits herumgesprochen, dass wir uns im Stadtrat Gedanken dahingehend gemacht haben, wie wir unsere Region und natürlich die Stadt Oettingen für den Tourismus attraktiver gestalten können. Zwei Themen haben sich dabei herauskristallisiert. Beide haben mit einem Merkmal zu tun, welches für das Ries und besonders für unseren Ort bereits bekannt ist, nämlich die Störche.

Einmal gibt es Überlegungen, in unserer Gegend einen Storchenpark zu integrieren, Vorbilder dafür existieren bereits. Dazu müssen jedoch noch weitere Details geklärt werden, für die es nach ersten Vorschlägen auch eine Bürgerversammlung geben wird. Was wir allerdings in den letzten Tagen durch eine intensive

Zusammenarbeit mit dem Oettinger Brauhaus bereits ins Leben rufen konnten, ist eine Kooperation zwischen der Stadt und ihrem größten Arbeitgeber.

Durch den erfolgreichen Einsatz zweier externer Mitarbeiter wollen wir anschließend einen entsprechenden Vertrag unterzeichnen. Ich darf nun Frau Kristina Luscovitcz und Herrn Richard Claasberg zu mir bitten. Durch ihr Know-how und ihre Unterstützung konnte eine Idee unsererseits durch das Brauhaus realisiert werden, damit unsere Stadt weiterhin im wahrsten Sinne des Wortes in aller Munde sein wird. Sie werden im Anschluss an die Präsentation in den Genuss kommen, sich ihr eigenes Urteil darüber bilden zu können."

Richard Claasberg stand bereits an der Seite des Oettinger Bürgermeisters, als die Verantwortlichen des Brauhauses nochmals nach ihrer externen Mitarbeiterin Ausschau hielten. Auch ein erneuter Aufruf an die Frau über das Mikrofon blieb aber erfolglos.

Da in diesem Augenblick niemand eine Antwort darauf wusste, wo sich Frau Luscovitcz befand, wurde kurzerhand entschlossen, dass der Leiter der Marketingabteilung ihren Part übernehmen sollte.

Ohne weitere Erklärungen begab sich der Mann gemeinsam mit Richard Claasberg auf die Grünfläche an die Stelle neben dem großen, blauweißen Oettinger Getränkekasten. Schräg davor stand auf einem speziellen Unterbau, aktuell noch in eine weiße Plane gehüllt, das angekündigte neue Produkt. Die beiden Männer nahmen nun jeweils eines der beiden Bänder in die Hand, mit dem die Plane verschlossen war und lächelten in die auf sie gerichteten Kameras. Aufkommender Applaus und ein vielfaches Klicken ertönten, als nach der beidseitigen Zugbewegung die Abdeckung zu Boden rutschte und eine überdimensionale Getränkedose enthüllte.

Auf glänzendschwarzem Grund stand in einem Kreis ein Weißstorch mit geschwellter Brust, an dessen Vorderseite in senkrechten, roten Buchstaben der Name des neuen Produktes zu lesen war.

Storchenblut

Und als Zusatz unterhalb der Abbildung

Der O$_E$nergydrink mit Kirschgeschmack

Wieder gab es vereinzelten Applaus mit wohlwollenden Stimmen, jedoch waren auch skeptische Äußerungen dabei. Auf der einen Seite wurde die Idee samt Aufmachung gelobt, andererseits kritisierte eine Frau aber auch den Namen des Getränkes, der ihrer Meinung nach regelrecht zum Töten der Tiere auffordern würde.

„Nun wollen wir aber mal die Kirche im Dorf lassen", ergriff der Oettinger Bürgermeister Frank Moritz das Wort. „Schließlich werden für Weine und Spirituosen mit dem Namen Stierblut keine Rinder getötet und der russische Beluga Vodka erfordert meines Wissens auch keine toten Fische. Dass der neue Energydrink keinesfalls blutig, sondern fruchtig und belebend schmeckt, meine Damen und Herren, davon können sie sich jetzt an dieser Stelle gleich höchstpersönlich überzeugen. Ich darf nun den verantwortlichen Braumeister bitten, die ersten Drinks zu verteilen."

Eine Mitarbeiterin der Brauerei reichte ihrem Kollegen zwei der kleinen Gläser, die gestapelt auf einem Beistelltisch standen. Nachdem der Braumeister den Zapfhahn langsam geöffnet hatte, lief das rote Getränk in einem kleinen Rinnsal ins erste Glas. Es dauerte einige Sekunden, bis dieses gefüllt war. Auch beim zweiten und dritten Glas schien der Druck für das Einschenken aus der Getränkedose nicht ausreichend zu sein.

„Jetzt sagen sie bloß nicht, dass wir ein technisches Problem haben. Ich dachte, dass sie bereits im Vorfeld alles getestet haben."

Der Leiter der Marketingabteilung stand neben dem Braumeister, der sich nun in der Hocke an der Rückseite des Sockels befand und dort die Zugangsklappe geöffnet hatte. Er deutete auf die sich darin befindlichen Armaturen.

„Das ist eine Premix-Anlage. Die habe ich persönlich angeschlossen und auch überprüft. Vielleicht ein Knick in der Zuleitung."

Er verschloss die Zugangsklappe wieder und stieg kurz entschlossen auf den Sockel, um dort mittels eines Sicherungsringes den Deckel zu entfernen. Als er durch die Öffnung nach unten blicken konnte, vernahm er auch schon die ungeduldige Stimme des Marketingleiters.

„Und? Wie sieht's aus? Können sie die Störung beheben?"

Doch der Braumeister antwortete nicht sofort. Er blickte weiterhin ins Innere der Dose und schüttelte nur ungläubig den Kopf. Sein rechter Arm tauchte kurz in die Öffnung und zuckte wie von einem Stromschlag getroffen wieder zurück. Sofort wurden einige Stimmen der in unmittelbarer Nähe stehenden Gäste lauter. Sie hatten gesehen, dass die Hand des Mannes blutverschmiert war. An eine Verletzung denkend rief jemand nach einem Arzt, als der Braumeister wie in Zeitlupe vom Sockel herunterstieg.

„Das kann ich nicht beheben", flüsterte er so leise, dass es kaum zu hören war.

Er griff sich ein Handtuch vom Beistelltisch und setzte sich mit aschfahlem Gesicht auf den

Boden. Nachdem er seine rechte Hand abgewischt und sie wie zur Kontrolle zwei- dreimal vor seinen Augen gedreht hatte, erkannten auch die Umstehenden, dass diese nicht verletzt war.

Unheil ahnend stieg einer der Mitarbeiter jetzt ebenfalls auf den Sockel der Dose und schaute durch die Öffnung hinein. Mit einem gurgelnden Aufschrei drehte er seinen Kopf zur Seite, sprang ins Gras hinunter und hielt sich die rechte Hand an den Magen, während er sich übergeben musste.

Inzwischen hatten auch die Geschäftsleitung und der Oettinger Bürgermeister erkannt, dass wohl Einiges ganz und gar nicht nach ihren Vorstellungen zu verlaufen schien. Es gab die Anweisung, dass sich alle Anwesenden bis zur Klärung der Umstände in einen Konferenzraum begeben sollten. Eine Mitarbeiterin der Lokalpresse hatte sich inzwischen während des Durcheinanders direkt neben den am Boden sitzenden Braumeister begeben. Sie hatte erkannt, dass sich der Mann langsam wieder zu erholen schien.

Auf ihre Frage, was sich innerhalb der Dose befindet, erhielt sie allerdings keine Antwort von ihm. Sie versuchte nun mittels einer Teleskopstange mit ihrem Smartphon einige Aufnahmen zu machen. Da die für die Presseabteilung der Brauerei verantwortliche Mitarbeiterin jedoch bereits ahnte, dass etwas Schlimmeres passiert sein musste, konnte sie diese Aktion verhindern. Sie wollte sich zunächst selbst Kenntnis darüber verschaffen, welche Umstände zu den Reaktionen der beiden Männer geführt hatten.

Kurzerhand stieg sie selbst auf den Sockel, blickte von oben in die Öffnung und drehte Sekunden später ihren Kopf wieder zur Seite. Ihr Gesichtsausdruck spiegelte in diesem Moment sowohl Schrecken als aus Ekel wider. Nachdem sie mehrmals tief durchgeatmet hatte, stieg sie wieder herab und bat zwei Kollegen dafür zu sorgen, dass niemand in die unmittelbare Nähe des Getränkebehälters kam.

Nur wenig später erfuhren die Verantwortlichen, dass die externe Mitarbeiterin Kristina Luscovitcz tot im Inneren der Dose lag. Allem

Anschein nach wurde ihr der Schädel eingeschlagen. Ein Verantwortlicher der Geschäftsleitung verließ umgehend den Konferenzraum, um die Polizei zu verständigen. Anschließend bat er die anwesenden Gäste um Entschuldigung, dass die Präsentation aus offiziell noch ungeklärten Umständen verschoben werden musste.

18. Kapitel

Robert Markowitsch saß mit dem Telefonhörer am Ohr hinter seinem Schreibtisch und schien angespannt zuzuhören. Dass er dabei mehrfach mit dem Kopf schüttelte, fiel im ersten Moment niemandem auf. Nachdem das Gespräch beendet war, legte er den Hörer zurück und erhob sich von seinem Platz.

„Ihre Befragung von Annika Fechter muss leider noch etwas warten, Herr Oberstaatsanwalt", sagte er zu Frank Berger, der dadurch in seinem Dialog mit Peter Neumann unterbrochen wurde. Diesem gab der Kriminalhauptkommissar dabei gleichzeitig ein Zeichen zum Aufbruch.

„Aha, gibt es dafür auch einen Grund, Markowitsch?", fragte Frank Berger verwundert, indem er auf das Telefon am Schreibtisch deutete, da außer dem Kriminalhauptkommissar keiner etwas von dem Telefongespräch mitbekommen hatte. „Wenn das mit dem Anruf von eben zu tun haben sollte, wäre es schön, wenn sie ihren Kollegen und mich nicht länger im Unklaren lassen würden."

„Ich weiß zwar nicht, ob sie gerne Bier trinken", meinte Robert Markowitsch, „aber trotzdem dürfen sie jetzt mit uns in die Brauerei nach Oettingen fahren."

„Und was sollte ich ihrer Meinung nach dort tun?", fragte ihn Frank Berger leicht genervt, da er noch immer auf eine Erklärung für den überstürzten Aufbruch wartete. „Hat man dort eine Leiche im Bierfass gefunden?", schob er noch etwas ironisch hinterher.

„Im Bierfass nicht, aber in einer Dose", gab der Kripochef zur Antwort, nachdem er bereits durch die offene Tür sein Büro verlassen hatte und darauf wartete, dass ihm die beiden Kollegen folgten.

Der Augsburger Oberstaatsanwalt blieb abrupt in der offenen Tür stehen. „Sie wollen mich wohl auf den Arm nehmen, Markowitsch. Was soll das?"

„Das war eben die Notrufzentrale", antwortete der Hauptkommissar. „Es gab einen Anruf aus Oettingen, dass man während einer Veranstaltung in der Brauerei eine Tote entdeckt hat, die in einer übergroßen Getränkedose steckt. Wir sollten los, denn die Presse ist auch vor Ort und wartet dringend auf Informationen."

Den letzten Satz gab er als kleinen Seitenhieb an Frank Berger, denn er wusste, wie gerne er mit Reportern sprach.

„Ach ja, Neumann. Informieren sie bitte Zacher und seine Leute, dass sie gebraucht werden. Vielleicht sollten wir uns ja in Oettingen ein Büro mieten. Langsam übertreiben die es dort. Die lassen einem nicht mal die Zeit, die ersten beiden Fälle zu klären."

*

Als das Augsburger Ermittlerteam in Richtung des Kreisverkehrs bei Munningen fuhr, erkannten die Männer bereits, dass ein Streifenwagen der Nördlinger Polizeiinspektion die Durchfahrt nach Oettingen gesperrt hatte und den Verkehr stattdessen über die Bundesstraße 466 umleitete. Peter Neumann, der diesmal den Wagen fuhr, lenkte das Fahrzeug wenig später in die Zufahrt des Oettinger Brauereigeländes, das schon auf Höhe des vorbeiführenden Fahrradweges mit Sicherheitsband abgesperrt war.

Nachdem die drei Beamten ihr Fahrzeug verlassen hatten, wurden sie direkt vom Einsatzleiter der Nördlinger Polizei über den aktuellen Stand informiert.

„Guten Tag, Herr Hauptkommissar. Wir haben bereits die Personalien aller anwesenden Gäste der Veranstaltung aufgenommen. Sie befinden sich dort oben im Konferenzraum des Versandgebäudes." Er deutete mit der Hand auf das Gebäude hinter sich.

„Danke Herr Kollege", antwortete Robert Markowitsch. „Wo befindet sich die Tote?"

„Bitte folgen sie mir", forderte der Polizeibeamte den Kripochef auf. Es waren nur ein paar Schritte, dann hatten die beiden Männer die Stelle auf der Grünfläche erreicht, an der sich neben einem großen Getränkekasten aus

Metall auch die auf einem Sockel stehende, circa eineinhalb Meter hohe Nachbildung einer Getränkedose befand. Als der Kriminalhauptkommissar den Schriftzug des beworbenen Getränkes erkannte, überkam ihn die pure Ironie.

„Storchenblut, wie treffend", meinte er zu Peter Neumann und Frank Berger, die ihm und dem Nördlinger Polizeibeamten gefolgt waren. „Wenn das mal kein passender Ort zum Sterben ist."

„Die Frau befindet sich im Inneren des Behälters", erklärte der Einsatzleiter. „Sieht ganz so aus, als wäre sie erschlagen worden."

„Danke", sprach Robert Markowitsch. „Ich muss jetzt nicht unbedingt da oben hinaufklettern. Sobald die Kriminaltechnik hier ist, soll sich der Rechtsmediziner das genauer ansehen." Er drehte sich um und sah auf seine beiden Kollegen. „Oder möchte einer von ihnen beiden vielleicht noch einen Blick hineinwerfen?"

Peter Neumann winkte allerdings nur kurz ab und auch Oberstaatsanwalt Frank Berger hatte kein Bedürfnis dazu.

„Nicht dass wir noch wichtige Spuren verwischen", meinte er nach einem Blick auf seine Uhr. „Ich würde vorschlagen, wir starten schon mal mit der Zeugenbefragung, bis die SpuSi da ist. Sollte ja nicht mehr allzu lange dauern." Er winkte den Nördlinger Kollegen zu sich. „Wieviel Gäste waren denn zum Zeitpunkt des Geschehens anwesend?"

„Das kann ich ihnen nicht auf den Einzelnen genau sagen, Herr Berger. Nachdem wir hier eingetroffen waren, hatten sich bereits alle im Gebäude versammelt. Laut der Namensliste, die dort von den Kollegen zusammengestellt wurde, sollten sich vierunddreißig Personen im Konferenzraum befinden."

„Gut, danke", antwortete der Oberstaatsanwalt und wandte sich an die beiden Kriminalbeamten, nachdem er die Liste ausgehändigt bekommen hatte. „Dann sollten wir vielleicht diejenigen herausfiltern, die nicht unmittelbar mit dem Geschehen zu tun haben."

Robert Markowitsch überflog kurz die Namen samt Bemerkungen, die dahinter notiert waren. „Gute Arbeit, Herr Kollege", lobte er den Nördlinger Einsatzleiter, als er feststellte, dass der Oettinger Bürgermeister mit seinem externen Berater ebenso markiert waren, wie die Verantwortlichen der Brauerei. „Das erspart uns im Vorfeld schon mal eine ganze Menge Arbeit. Bitten sie die von ihnen markierten Personen darum, noch etwas Geduld aufzubringen. Die restlichen Gäste können vorerst gehen, sollen aber auf jeden Fall für uns erreichbar bleiben."

„Geht in Ordnung, Herr Hauptkommissar. Bei einem der Namen ist mir etwas aufgefallen, das im Zusammenhang mit einem anderen Fall stehen dürfte." Er deutete auf den Namen von Richard Claasberg. „Dieser Mann hat uns telefonisch darüber verständigt, dass ihm ein abgestelltes Fahrzeug mit zwei Personen aufgefallen sei, die sich etwas verdächtig verhalten haben. Zwei Streifenbeamte von uns haben später den toten Benjamin Krieger im Wagen gefunden."

Robert Markowitsch horchte auf und sein Blick richtete sich auf Peter Neumann, der das Gespräch mitverfolgt hatte und bereits dabei war, die entsprechenden Daten auf seinem Tablet aufzurufen.

„Das ist korrekt, Chef", stimmte er der Aussage des Nördlinger Einsatzleiters zu. „Der Name Richard Claasberg taucht im Zusammenhang mit dem Fall Benjamin Krieger auf. Allerdings wurde er persönlich von uns noch nicht dazu vernommen, da sich die Ereignisse in Oettingen momentan ja zu überschlagen scheinen. Drei Tote innerhalb weniger Tage, da erreichen selbst bei uns die Kapazitäten ihre Grenzen."

Robert Markowitsch seufzte, überlegte einen Moment und meinte dann zu Frank Berger: „Jetzt könnten sie unsere Ermittlungsarbeiten tatkräftig unterstützen, Berger, indem sie vorübergehend die Abteilung wechseln und ein Teil der Mordkommission werden. Was halten sie davon?"

„Tatkräftige Unterstützung erhalten sie von mir jederzeit, Markowitsch," antwortete der Oberstaatsanwalt. „Allerdings werde ich nicht in ihren Dienst treten. Da müsste ich mich ihnen ja im Zweifelsfall unterordnen und das Gehalt ist auch nicht ganz so lukrativ. Okay, ich übernehme die Befragung von Herrn Claasberg, sobald ich die Infos bei mir habe."

In der Zwischenzeit war die Spurensicherung auf dem Brauereigelände eingetroffen und machte sich für die Arbeit bereit. Rolf Zacher begab sich gleich zu den Augsburger Kommissaren, nachdem er seinen Overall übergezogen hatte.

„Schöner Arbeitsplatz, den sie sich da mit ihren Kollegen ausgesucht haben, Markowitsch", begrüßte er den Kriminalhauptkommissar und reichte auch Peter Neumann und Frank Berger die Hand.

„Hallo Zacher", gab Robert Markowitsch den Gruß zurück. „Wenigsten werden sie hier nicht verdursten, wenn sich ihre Spurensuche in die Länge ziehen sollte." Er deutete auf den Nachbau der Getränkedose. „Da drin dürfen sie anfangen. Ich kann ihnen leider nicht sagen, was sie erwartet, den Anblick haben wir uns erspart. Vermutlich wurde ihr der Schädel eingeschlagen."

„Das bedeutet, dass der Inhalt ungenießbar ist? Haltbarkeitsdatum abgelaufen?", gab der

Leiter der Kriminaltechnik mal wieder einen zum Besten.

Peter Neumann hatte sichtlich Mühe, sich ein Lachen zu verkneifen, denn dafür war die Situation alles andere als angebracht. Robert Markowitsch verdrehte die Augen.

„Mensch Zacher. Sie und ihre ewig makabren Sprüche. Fällt euch Pathologen denn nichts Anderes ein? Ihr habt schon ein besonderes Verhältnis zum Tod, oder?"

„Na ja", meinte Rolf Zacher. „Der dauert ja auch wesentlich länger als das Leben." Er deutete in Richtung des Fundortes. „Ich werde dann mal..."

„Wie weit sind sie denn mit der Auswertung der restlichen Handydaten von den Schülern aus dem Oettinger Gymnasium?", rief ihm der Kriminaloberkommissar noch hinterher.

„Wahrscheinlich so weit wie sie, Herr Neumann", bekam er als Antwort. „Man kommt ja kaum dazu, irgendetwas fertigzumachen. Ich denke mal, dass die Kollegen morgen, spätestens übermorgen damit durch sein sollten."

Am Standplatz des Getränkebehälters angekommen, wartete bereits Rolf Zachers Kollegin Rita Weiß auf ihren Chef. Sie deutet mit ihrem Daumen nach oben in Richtung Öffnung und fragte: „Wollen sie, oder soll ich?"

„Sie dürfen gerne vorgehen, Frau Kollegin", antwortete er, als diese auch schon auf das Podest stieg, ihre Kamera zur Hand nahm und diese ins Innere der Werbedose richtete. Doch bevor sie mit den Aufnahmen startete, blickte sie wieder nach unten zu Rolf Zacher.

„Ich glaube, ich kenne die Tote", sagte sie leise, sodass nur er es hören konnte. Sie sah sich um und entdeckte einen Polizeibeamten, den sie zu sich winkte. „Weiß man wer die Tote ist?", fragte sie ihn.

„So viel wie ich mitbekommen habe, ist das eine externe Mitarbeiterin der Brauerei. Ihr Name ist Kristina Luscovitcz."

Rita Weiß bedankte sich und wandte sich wieder an Rolf Zacher. „Rita Luscovitcz war mit mir auf der Uni. Sie wollte eigentlich zuerst auch in den Bereich der medizinischen Forensik, was ihr irgendwann allerdings zu heftig vom stofflichen Umfang wurde. Sie wechselte danach in den Bereich Werbung und Marketing, wohin sie meiner Meinung nach auch wesentlich besser passte. Ich habe sie seitdem nicht mehr getroffen. Kein angenehmes Wiedersehen."

„Soll ich für sie übernehmen?", fragte Rolf Zacher seine junge Kollegin. Er wusste ja aus eigener Erfahrung, dass solche *Begegnungen* auch in seinem Beruf nicht immer die angenehmste Situation darstellen.

„Danke, das ist sehr aufmerksam, aber es geht schon. Es wird ja hoffentlich nicht so oft vorkommen, dass mir die Toten persönlich bekannt sind."

Nachdem die kriminaltechnische Untersuchung vor Ort abgeschlossen war, ließ Rolf Zacher den Leichnam von Kristina Luscovitcz in die Rechtsmedizin bringen.

„Hier draußen sind wir soweit, Markowitsch", meinte er. „Wir würden dann wieder abrücken."

„Noch nicht, Zacher", antwortete der Kripochef. „Ich habe erfahren, dass der Behälter samt Sockel in einem Kühlraum aufbewahrt wurde, bevor man ihn heute für die Veranstaltung hier aufgestellt hat. Es wäre also gut, wenn sie sich auch dort umschauen könnten. Vielleicht gibt es dort noch Spuren, die uns weiterhelfen."

„Machen wir. Wenn es ansonsten nichts gibt, werden wir im Anschluss zurückfahren, um mit den Auswertungen weiterzumachen. Es wartet ja jede Menge Arbeit auf uns."

19. Kapitel

Oettingen im Schockzustand. In den letzten Tagen schien sich alles gegen die Kleinstadt im Landkreis Donau-Ries verschworen zu haben. Zuerst der schreckliche Tod der Gymnasiastin Lea Krasser, wobei in ihrem Umfeld noch immer nicht feststand, ob es sich um einen Unfall oder einen Selbstmord handelt. In der Öffentlichkeit wurde hinter vorgehaltener Hand auf Grund ihrer Krankheit die zweite Variante für wahrscheinlich gehalten.

Noch während den polizeilichen Ermittlungen verlor aus bisher für die Bevölkerung noch unbekannten Gründen, ein weiterer Abiturient sein Leben. Auch hier galten momentan noch ungeklärte Umstände, was vor allem den jeweiligen Eltern unbegreiflich schien. Doch die Nachforschungen zogen sich in die Länge, da die ermittelnden Beamten der Augsburger Mordkommission wider Erwarten unmittelbar darauf mit einem dritten Todesfall konfrontiert wurden. Bei diesem schien es sich, im Gegensatz zu den ersten beiden Fällen, unbestritten um Mord, oder zumindest um Totschlag zu handeln.

Der Oettinger Bürgermeister hatte in diesen Tagen alle Hände voll damit zu tun, die ungeduldigen Anfragen von Journalisten zu beantworten. Diese wurden zumeist als Spekulationen bewertet, da man weder von Seiten der Polizei, noch von der Staatsanwaltschaft verwertbare Informationen erhielt.

Frank Moritz hatte sich das öffentliche Interesse an seiner Stadt bei Weitem anders vorgestellt. Richard Claasberg dagegen sah die Situation etwas pragmatischer. Die Menschen interessierten sich für Oettingen, jede Menge Zeitungsreporter, Fernsehteams, oder auch einfach nur neugierige Menschen besuchten den Ort am nördlichen Rand des weltbekannten Meteoritenkraters. Doch war dem Bürgermeister klar, dass es sich hierbei nur um eine zeitlich begrenzte Aufmerksamkeit handelte, die nach kurzer Zeit wieder nachlassen würde.

Auch im Büro der Augsburger Mordkommission herrschte wegen der drei noch aufzuklärenden Todesfälle nicht gerade eitel Sonnenschein. Der ermittelnde Oberstaatsanwalt Frank Berger hatte mit dem Team der Mordkommission und der Spurensicherung einen Termin zur Krisensitzung anberaumt. Nicht nur die Öffentlichkeit im Sinne der Medien hing ihm im Nacken, sondern auch das Justizministerium hatte bereits Bedenken angemeldet, ob man in Augsburg noch in der Lage war, die aktuelle Situation zeitnah zu bewältigen.

„Wollen die mir doch tatsächlich unterstellen, ich hätte meinen Laden nicht im Griff", polterte Frank Berger los, der wie ein gehetzter Tiger in seinem Käfig durch das Zimmer rannte. „Sie könnten mir bei Bedarf ja Unterstützung durch das LKA schicken", ahmte er aufgebracht mit gespielt beleidigter Stimme nach. „Pah, dass ich nicht lache. Ich bin mir selber im Klaren darüber, dass man mit einer Vielzahl an Beamten wohl schnellere Ergebnisse erreichen würde. Ob dies aber zu einer schnelleren Aufklärung beiträgt, wage ich zu bezweifeln."

Sein Blick wanderte von einem Kollegen zum nächsten und wieder zurück, bevor er plötzlich mitten im Büro stehenblieb und seine Arme in die Hüften stützte.

„Wir können über die letzten Jahre eine beinahe hundertprozentige Erfolgsquote nachweisen", sagte er selbstbewusst. „Da werde ich mir doch nicht von oben in die Suppe spucken lassen, Markowitsch. Oder was meinen sie dazu?"

Wieder mal typisch Berger, dachte sich der Kriminalhauptkommissar. *Schnell mal den Ball weitergespielt, wenn es unangenehm wird.* Dank seiner langjährigen Erfahrung wusste er aber, dass er in kritischen Momenten einen kühlen Kopf bewahren konnte.

„Immer mit der Ruhe, Berger", versuchte er, die aufgewühlte Stimmung des Oberstaatsanwalts etwas zu besänftigen. „Noch sind wir Herr der Lage, auch wenn diese im Moment, auf Grund der Ereignisse in den letzten Tagen, etwas unübersichtlich ist. Deshalb lassen wir uns aber noch lange nicht die Butter vom Brot nehmen."

Als nächstes wandte er sich an seinen Kollegen. „Neumann. Vorschlag: Wir gehen jetzt alle rüber in ihr Büro. Sie haben ja seit einiger Zeit diese digitale Tafel an ihrer Wand hängen, die sich hervorragend eignet, um alle Details, die wir momentan haben, übersichtlich darzustellen. Wie ich sie einschätze, haben sie sich bestimmt schon ein paar Gedanken dazu gemacht, wie die Geschehnisse der letzten Zeit einzuordnen sind."

„Auf diese Stichwörter habe ich gewartet, Chef. Wenn sie mir mit den Kollegen dann folgen wollen. Ich habe das digitale Whiteboard schon einmal in drei Zonen aufgeteilt, da es momentan ja drei Fälle beinahe parallel zu lösen gibt. Zum Ersten haben wir die unglückselige Geschichte mit Lea Krasser. Was zunächst wie ein Suizid ausgesehen haben mag, würde ich auf Grund des Videos, das ihre Freundin Annika Fechter erhalten hat, nicht mehr als solchen, sondern eher als Selbstmord darstellen. Laut Aussagen einiger Schülerinnen und Schüler des Oettinger Gymnasiums wurde Lea Krasser immer wieder einmal zum Spielball von, ich will mal sagen unschönen, digitalen Attacken, die letztendlich wohl bis hin zum Cybermobbing mutiert sind. Woher diese Videos kamen, kann momentan nur vermutet, aber nicht bewiesen werden, solange wir das Handy der Toten nicht haben. Den Datenverkehr vom Provider zu bekommen, stellt sich wegen bekannter Probleme wie Datenschutz als schwierig dar."

Mit diesem Satz richtete Peter Neumann seinen Blick auf den Augsburger Oberstaatsanwalt, bevor er weitersprach.

„Vermutungen gehen dahin, dass einer, beziehungsweise mehrere Schüler des Gymnasiums dahinterstecken könnten. In diesem Zusammenhang wurde auch der Name Benjamin Krieger genannt, was mich nun zu unserem Fall Nummer zwei bringt, bei dem er nämlich das Todesopfer ist. Mutmaßlich bei einem Streit ums Leben gekommen, dessen Grund uns jedoch noch nicht bekannt ist. Auffällig dabei: auch hier das fehlende Mobiltelefon."

„Aber", meldete sich jetzt Rolf Zacher zu Wort, „wir haben bei der Untersuchung des Fahrzeugs eine DashCam gefunden, die im

Parkmodus geschaltet war. Das bedeutet, dass mit sehr großer Wahrscheinlichkeit Aufnahmen im Außenbereich des Fahrzeugs gemacht wurden, da diese Kameras auf Bewegung reagieren. Leider war keine Speicherkarte eingebaut, beziehungsweise wurde diese entfernt. Ich tippe eher auf die zweite Möglichkeit."

„Sehr gut, das hilft uns aber im Augenblick auch nicht weiter, solange wir den Chip nicht haben, der wohl vom Täter mitgenommen wurde", fuhr Peter Neumann mit seinen Erklärungen fort. „Gemeldet wurde das Fahrzeug, das übrigens Benjamin Krieger gehört, von einem Radfahrer, der auf seinem Weg nach Oettingen an diesem Platz vorbeikam und dem seiner Aussage nach eine Auseinandersetzung aufgefallen war. Der Mann heißt Richard Claasberg, was mich jetzt wiederum zu unserem dritten Todesopfer führt, denn im Gegensatz zu den beiden ersten war das Handy von Kristina Luscovitcz nicht verschwunden.

In ihrem Onlinekalender konnten wir einen Termineintrag finden, der sich auf diesen Richard Claasberg bezieht. Der Termin sollte ursprünglich am Tag nach ihrem Tod stattfinden, wurde aber auf den Abend vorher geändert. Wenn ich jetzt den von der Rechtsmedizin festgelegten Todeszeitpunkt in Betracht ziehe, muss diese Änderung kurz davor durchgeführt worden sein."

Sowohl Robert Markowitsch als auch der Oberstaatsanwalt hatten die Ausführungen des Kriminaloberkommissars mit höchster Aufmerksamkeit verfolgt.

„Nur einmal angenommen", meinte Frank Berger nachdenklich, „ich würde jetzt meine Fantasie spielen lassen, dann könnte man doch glatt über alle drei Fälle einen unsichtbaren roten Faden spannen, der aber noch einige Knoten hat. Irgendwie kommt mir die ganze Geschichte wie ein Mosaik vor, beim dem sich die Steine noch nicht richtig zusammenfügen lassen."

„In eine ähnliche Richtung habe ich auch gedacht, Berger", meinte der Hauptkommissar zustimmend. „Ich würde vorschlagen, dass wir uns zunächst einen Plan über das weitere Vorgehen zurechtlegen, damit wir, um in ihrem

Bild zu bleiben, die Knoten aus dem roten Faden herauskriegen."

Rolf Zacher, der Leiter der kriminaltechnischen Abteilung, machte der Runde einen Vorschlag. „Neumann, sie legen diese Übersicht bitte in die digitale Akte ab. Somit kann jederzeit darauf zugegriffen werden, falls irgendetwas unklar scheint. Für mich sind das momentan zu viele Details auf einmal. Auch wenn ihre Erklärungen schlüssig scheinen, muss ich das für mich erst einmal in Ruhe sortieren."

Er wandte sich nun an den Oberstaatsanwalt. „Nachdem wir die Genehmigung zur Funkzellenabfrage der beiden Handys erhalten haben, habe ich die Kollegin Weiß damit beauftragt, die Bewegungsprofile von Lea Krasser und Benjamin Krieger zu erstellen. Ich würde mich morgen wieder melden, bis dahin sollten die Daten soweit vorliegen."

„Das hatte ich mir eigentlich vorgenommen," sagte Peter Neumann nun, der über diese Maßnahme im Vorfeld nicht unterrichtet worden war. „Das fällt ja schließlich in mein Resort."

„Wir haben ja seit kurzem Frau Weiß mit in unserem Team", begründete Rolf Zacher diesen Umstand. „Ich dachte mir, so kann ich sie etwas in ihrer Arbeit entlasten. Ich wollte damit keinesfalls ihre Kompetenzen infrage stellen."

Robert Markowitsch, der die Reaktion seines Kollegen sehr wohl mitbekommen hatte, versuchte schnell, die Wogen zu glätten.

„Wie wäre es, Neumann, wenn sie sich mit Frau Weiß zusammensetzen und den Job mit ihr gemeinsam erledigen? Ich kann mir vorstellen, dass sich die Kombination aus zwei klugen Köpfen sicherlich positiv auf die Ermittlungen auswirken würden."

„Soll das heißen, dass ich ihnen zu langsam arbeite, Herr Markowitsch?", bohrte der Kriminaloberkommissar mit seiner Frage nach.

„Neumann, da haben sie jetzt aber etwas falsch verstanden", wies der Kripochef die Vermutung seines Kollegen zurück. „Ich will lediglich verhindern, dass sie sich wieder mal die halbe Nacht um die Ohren schlagen und ich sie aus dem Bett werfen muss. Also, kontaktieren sie Frau Weiß und gönnen sie sich anschließend meinetwegen ein gemeinsames Abendessen. Vergessen sie aber die Quittung für die Spesenabrechnung nicht."

Zu Rolf Zacher meinte er: „Wie kann er denn die Kollegin erreichen? Könnten sie Frau Weiß vorab informieren?"

„Muss ich nicht", schmunzelte der Pathologe und wandte sich nun an Peter Neumann. „Ich hatte schon mit sowas gerechnet. Ich denke, sie werden bereits in der Universitätsklinik erwartet. Fragen sie dort einfach im Hauptgebäude nach ihr."

Somit beschlossen die Ermittler, ihre weiteren Planungen am nächsten Tag fortzusetzen.

20. Kapitel

In einem Ausweichbüro in der Verwaltung der Universitätsklinik in Augsburg, das an diesem Abend von Rita Weiß genutzt wurde, roch es nach frischem Kaffee. Nachdem sie von ihrem Vorgesetzten den Auftrag erhalten hatte, die Bewegungsprofile von Lea Krasser und Benjamin Krieger zu erstellen, hatte sie sich schon auf einen verlängerten Arbeitstag eingestellt. Ihren Vorschlag, den Kollegen der Mordkommission dazu zu holen, hatte Rolf Zacher zwar zur Kenntnis genommen, jedoch unkommentiert gelassen. Dabei fand sie diesen Peter Neumann ganz sympathisch. Außerdem soll er ein absoluter Fachmann sein, wenn es irgendetwas mit Bits und Bytes zu erledigen gab.

Soweit sie in Erfahrung bringen konnte, hatte er früher im BKA in Wiesbaden gearbeitet und setzt nun schon seit Jahren seine

Kenntnisse im Bereich der Augsburger Mordkommission ein. Naja, es würde sicherlich noch die eine oder andere Gelegenheit geben, sich näher kennenzulernen.

Rolf Zacher hatte über den Augsburger Oberstaatsanwalt Frank Berger die richterliche Anordnung zur Dateneinsicht der beiden Provider bekommen, bei denen die Mobiltelefone von Lea Krasser und Benjamin Krieger angemeldet waren. Sie hatte die Datenauswertung der beiden Geräte noch nicht vollständig abgeschlossen, aber das würde eventuell heute noch erledigt werden können. Je nachdem, wie schnell die Bewegungsprofile erstellt waren.

Es klopfte an der Türe und Rita Weiß bat den unerwarteten Besuch herein. Erstaunt, aber mindestens genauso erfreut nahm sie zur Kenntnis, dass Peter Neumann den Raum betrat. Hatte sich Rolf Zacher ihren Vorschlag doch durch den Kopf gehen lassen. Mit einem Lächeln erhob sie sich von ihrem Platz und begrüßte den Kollegen, wobei sie die Hand des Kriminaloberkommissars einige Augenblicke zu lange festhielt. Peter Neumann registrierte dies sichtlich erfreut. Er schaute der jungen Frau in die Augen, richtete danach kurz den Blick auf seine festgehaltene Hand.

„Ich freue mich, sie wiederzusehen, Frau Weiß", erwiderte er ihren Gruß mit einem charmanten Lächeln. „Ich bin gespannt auf unsere Zusammenarbeit. Dazu würde ich allerdings meine rechte Hand benötigen, wenn sie sie nicht mehr brauchen."

„Natürlich, Entschuldigung", antwortete die Kriminaltechnikerin. Mit ein paar schnellen Schritten war sie am Fenster und öffnete dieses. „Ganz schön warm in diesem kleinen Büro", meinte sie, wobei sie sich mit einer Hand etwas Luft zufächelte, um ihr leicht errötetes Gesicht zu kühlen. „Darf ich ihnen vom Automaten etwas zu trinken holen?", fragte sie. „Kaffee, Wasser oder etwas Anderes?"

„Danke, Kaffee wäre gut", antwortete Peter Neumann. „Kann ich mir aber auch selbst holen."

„Kein Problem", gab Rita Weiß zurück. „Machen sie es sich erstmal bequem, ich bin gleich zurück." Damit drehte sie sich um, nahm eine

Tasse aus einem Sideboard und verließ damit das Büro. Nachdem sie kurz darauf zurückkam, hatte sich Peter Neumann bereits einen Stuhl neben ihren Arbeitsplatz gestellt.

„Ich denke, wenn wir beide einen Monitor gemeinsam nutzen, ist es etwas übersichtlicher. Soweit ich sehe, könnten wir unsere beiden Notebooks anschließen."

Der Oberkommissar griff sich aus seiner Tasche einen kleinen Switch mit den entsprechenden Kabeln, um innerhalb weniger Minuten die Geräte zu verbinden.

„Auf alle Eventualitäten vorbereitet", sagte Rita Weiß. „Gefällt mir. Allerdings wüsste ich gerne, mit wem ich meine wertvolle Arbeitszeit verbringe. Also Vorschlag meinerseits: Wir trinken in Ruhe unseren Kaffee und machen uns dabei ein wenig besser bekannt. Eine lockere Atmosphäre gehört für mich ebenso dazu. Ich gehe mal davon aus, dass ich die Jüngere von uns beiden bin, also darfst du mir das Du anbieten. Ich bin Rita."

Peter Neumann musste lachen, während Rita Weiß ihren Vorschlag unterbreitet hatte.

„Da liegen wir beide anscheinend auf einer Wellenlänge", meinte er. „Ich bin Peter, wie du bereits wissen dürftest und habe dir einen Gegenvorschlag zu machen. Wir sollten nach der Erstellung der Bewegungsprofile noch die Handys von diesem Tim Anderberg aus dem Gymnasium und Kristina Luscovitcz auswerten. Damit das nicht bis in die Nacht hinein dauert, sollten wir unser weiteres Kennenlernen auf das Abendessen danach verschieben. Außerdem könnte ich so mögliche Konzentrationsstörungen meinerseits ausschließen."

Rita Weiß sah den Kriminaloberkommissar lächelnd an. „Abendessen? Soll das eine Einladung sein?"

„Ja, soll es", antwortete Peter Neumann. „Wurde mir sozusagen von Hauptkommissar Markowitsch als Ansporn regelrecht aufgedrängt", flunkerte er nun etwas. „Aber ich würde mich freuen, wenn du die Einladung annehmen würdest."

„Sehr gerne", antwortete Rita Weiß. „Dann lass uns mal loslegen, denn mein Mittagessen ist recht spärlich ausgefallen."

Nach einer konzentrierten und intensiven Zusammenarbeit hatten die beiden ihre Auswertungen soweit beendet, dass sogar Peter Neumann über das Ergebnis erstaunt war. Auf dem Smartphone von Tim Anderberg konnten gelöschte Dateien wiederhergestellt werden, welche die Ermittler zusammen mit seinem Bewegungsprofil ein ganzes Stück in einem der drei Fälle weiterbringen würden.

Das Bewegungsprofil von Kristina Luscovitcz schien nach Petzer Neumanns Auffassung eher unauffällig. Bei der Auswertung ihres Mobiltelefons fiel dem Kriminaloberkommissar, abgesehen von einem äußerst interessanten Termin in ihrem Onlinekalender, nichts Besonderes auf. Er würde beantragen, dass man ein eventuell vorhandenes Notebook oder einen PC beschlagnahmt, um diese Daten ebenfalls zu prüfen.

„Na, da sind doch ein paar Dinge dabei, die meinen Chef und den Oberstaatsanwalt interessieren dürften", meinte Peter Neumann, als er sich auf seinem Stuhl etwas streckte. „Aber ich würde in Anbetracht der fortgeschrittenen

Tageszeit vorschlagen, dass diese Informationen auch noch bis morgen früh warten können. Ich glaube, dass man vorher sowieso nicht damit rechnet. Ich denke also, dass wir zusammenpacken können, um unser verdientes Abendessen zu genießen."

21. Kapitel

Der Schulleiter des Oettinger Gymnasiums war etwas erstaunt, dass bereits am frühen Vormittag zwei Beamte der Augsburger Kriminalpolizei in sein Büro kamen. Ihm war klar, dass die Ermittlungen wegen Lea Krasser und Benjamin Krieger noch nicht abgeschlossen waren, doch nun war er etwas überrascht.

„Was hat denn Tim mit dieser Geschichte zu tun?", fragte er. „Sie glauben doch nicht allen Ernstes, dass er mit dem Tod von Lea oder Benjamin …?"

„Der Glaube gehört in die Kirche", unterbrach ihn Robert Markowitsch. „Wir halten uns lediglich an die Fakten, die für unsere Arbeit ausschlaggebend sind. Momentan besteht lediglich ein Verdacht, für dessen Klärung wir Herrn Anderbergs Aussage benötigen. Also lassen sie ihn bitte holen. Möglichst unter einem

Vorwand, um unnötige Aufregung zu vermeiden."

Als der Schüler wenige Minuten später das Büro der Schulleitung betrat und die beiden Kriminalbeamten erblickte, sah man ihm an, dass er sich nicht ganz wohl in seiner Haut zu fühlen schien.

„Kein Grund zur Sorge, Herr Anderberg", versuchte Peter Neumann ihn gleich zu beruhigen, und holte einen Gegenstand aus seiner Tasche hervor. „Wir sind hier, um ihnen ihr Mobiltelefon zurückzubringen."

Tim war verwirrt über die Tatsache, dass zwei Beamte der Mordkommission persönlich in der Schule vorbeikamen, nur um ihm sein Handy zurückzugeben. Als er das Gerät entgegennahm und dabei den Blick der beiden Kommissare wahrnahm, da ahnte er bereits, dass dies nicht der einzige Grund dafür war.

„Herr Anderberg", begann nun Robert Markowitsch. „Meine Kollegen haben sich die Daten auf ihrem Gerät angesehen. Auch diejenigen, die eigentlich gar nicht mehr vorhanden waren. Aber sie können sich bestimmt denken, dass wir in der Lage sind, auch noch so sorgfältig gelöschte Dateien wiederherzustellen."

Tim musste schlucken, als er die Worte des Kriminalhauptkommissars vernahm.

„Bevor wir nun weiterreden, muss ich dich darauf hinweisen, dass du unsere Fragen nicht beantworten musst und Deine Eltern hinzuziehen kannst." Robert Markowitsch sah den Schulleiter an, der wissend nickte.

„Soll ich jemanden anrufen, Tim?", duzte er den Schüler unbewusst. Dieser schüttelte jedoch nur seinen Kopf und richtete seinen Blick zu Boden.

„Sie haben sicherlich herausgefunden, dass ich Lea das Video geschickt habe", gestand er mit zitternder Stimme. Er sah die drei Männer nun nacheinander an und alle merkten dabei, dass er nur mühsam seine Tränen zurückhalten konnte. „Bin ich daran schuld, dass Lea sich umgebracht hat?", wollte er wissen.

„Die Frage können wir ihnen leider nicht beantworten, Herr Anderberg", übernahm Peter Neumann das Wort. „Es gibt allerdings noch einen zweiten Grund, weshalb wir sie befragen müssen. Ich bin jedoch der Meinung, dass wir das nicht ohne einen Beistand an ihrer Seite tun sollten. Also bitte verständigen sie ihre Eltern. Oder möchten sie, dass wir mit ihnen nach Hause fahren?"

Nun konnte man sehen, dass Tim Anderbergs Gesicht jegliche Farbe verloren hatte. Er nickte zu dem Vorschlag des Kriminaloberkommissars und sah danach den Schulleiter an.

„Ist in Ordnung", meinte dieser. „Ich kümmere mich um alles andere."

Circa fünfzehn Minuten später hielt der Wagen mit den drei Personen vor dem Haus der Familie Anderberg. Als Tims Mutter, die das Fahrzeug durch das Fenster sah, erkannte, dass ihr Sohn mit den beiden Kriminalbeamten ausgestiegen war, lief sie sofort zur Haustüre, um diese zu öffnen.

„Tim", rief sie. „Was ist passiert?" Sie fragte anschließend Robert Markowitsch: „Weshalb bringen sie meinen Sohn nach Hause?"

„Guten Tag Frau Anderberg", begrüßte der Augsburger Kriminalhauptkommissar zunächst die Frau. „Wir haben nach der Auswertung der

Mobiltelefone, im Zusammenhang mit dem Tod von Lea Krasser, noch einige Fragen an ihren Sohn. Eine davon hat er uns bereits in der Schule im Beisein des Schulleiters beantwortet. Ich würde es allerdings bevorzugen, das nicht hier in der Öffentlichkeit zu besprechen. Können wir vielleicht ins Haus gehen?"

„Selbstverständlich", antwortete die sichtlich aufgeregte Frau und deutete auf die offene Haustüre. „Bitte, kommen sie doch herein."

Nachdem die vier Personen im Wohnzimmer Platz genommen hatten, übernahm Peter Neumann das Gespräch.

„Frau Anderberg, ist es für sie in Ordnung, wenn wir Tim jetzt noch weitere Fragen stellen, oder möchten sie lieber ihren Mann hinzuziehen?"

„Der ist geschäftlich unterwegs und würde wahrscheinlich nicht vor dem späten Nachmittag hier sein können. Also fragen sie. Hat Tim etwas ausgefressen? Er hat doch nichts mit dem Tod des Mädchens zu tun, oder?"

Etwas angespannt sah sie von den beiden Kriminalbeamten auf ihren Sohn, der jedoch mit gesenktem Kopf dasaß und jeden Blickkontakt zu vermeiden versuchte.

„Wir haben von Tim bereits erfahren, dass er Lea Krasser das Video geschickt hat, das möglicherweise der Auslöser für ihren Selbstmord war", sprach Robert Markowitsch. „Erstellt hat es jedoch jemand anders, nicht wahr, Tim?", wandte er sich nun an den Schüler. „Genau zu dieser Person haben wir nun noch Fragen. Da wir neben der Datenauswertung auch entsprechende Bewegungsprofile erstellt haben, konnten wir herausfinden, dass du dich zum Zeitpunkt von Benjamin Kriegers Tod am Tatort, oder zumindest in unmittelbarer Nähe aufgehalten haben musst. Wie kannst du uns das erklären, Tim? Hast du etwas damit zu tun, oder auch nur irgendetwas beobachtet, das uns weiterhelfen könnte?"

Frau Anderberg hatte während der Fragestellung nervös ihre Hände geknetet und wohl vor Aufregung rötliche Flecken im Gesicht bekommen. Nun wurde sie schreckensbleich.

„Ich habe dir so oft gesagt, dass dieser Krieger nicht der richtige Umgang für dich ist, Tim", sprach sie mit langsamer, beinahe flüsternder Stimme und schüttelte dabei immer wieder ihren Kopf.

„Aber ich …", versuchte ihr Sohn jetzt zu erklären, musste aber sofort mit tränenerstickter Stimme abbrechen und hielt sich beide Hände vor sein Gesicht.

Peter Neumann konnte die Verzweiflung des jungen Mannes verstehen, konnte jedoch auf entsprechende Gefühle keine Rücksicht nehmen. Er wartete einige Augenblicke, bis sich Tim Anderberg wieder etwas beruhigt hatte.

„Du kannst Dir sicher vorstellen, dass wir uns auch die anderen Dateien angesehen haben. Du hast Benjamin Krieger dabei gefilmt, als er Lea und Annika das besagte Video gezeigt hat. Annika Fechter war mächtig sauer, als Benjamin Krieger gedroht hat, den von ihm gefakten Film ins Netz zu stellen. Sie war allerdings nachweislich zur Tatzeit nicht in der Nähe.

Zudem gab es eine Aussage, dass er sich an diesem Tag noch mit jemandem aus der Schule treffen wollte. Wir haben auch erfahren, dass du Lea sehr mochtest. Wolltest du verhindern, dass Benjamin Krieger das Video veröffentlicht? Hast du dich deshalb mit ihm getroffen, wobei es zum Streit zwischen euch kam und du ihn, wenn auch unabsichtlich getötet hast?"

„Nein!", schrie Tim, der urplötzlich von seinem Platz aufgesprungen war und nun mit der rechten Hand versuchte, die Tränen aus seinem Gesicht zu wischen. „Wir haben gestritten, ja. Aber Ben war doch viel stärker als ich. Er dachte, dass er sich alles erlauben könnte, weil er mit Handy und Computer wie mit einem Spielzeug umging. Diese Fake-Filmchen waren doch nur Spaß und Zeitvertreib für ihn. Es war ihm einfach egal, ob er andere dadurch in den Dreck zog.

Und ja, ich habe ihn aufgefordert, dass er das Video über Lea löschen soll. Aber er hat wie immer nur gelacht und mit seiner Handycam auf mich draufgehalten. Als ich ihm sagte, dass er diesen Scheiß lassen soll, rief er mir nur hinterher, dass er mich auch zum Fliegen bringen würde, dann könnte ich mit Lea zusammen sein. Der ist mir dann bis zum Lagerhaus am Kreisverkehr hinterhergelaufen. Dort hatte ich zuvor mein Rad abgestellt. Ich bin danach wütend wieder heimgefahren."

„Das heißt also, dass ihrer Aussage nach Benjamin Krieger noch gelebt hat, als sie den Tatort verlassen haben?", fragte Robert Markowitsch nach.

„Ja", antwortete Tim. „Ich habe mich nicht mit ihm geschlagen."

Der Leiter der Augsburger Mordkommission verständigte sich kurz per Blickkontakt mit seinem Kollegen. Als Peter Neumann nickte, erhoben sich die beiden Kriminalkommissare von ihren Plätzen, wobei Markowitsch noch anmerkte: „Vorläufig haben wir keine Fragen mehr. Sie bleiben aber bitte für uns erreichbar, falls sich das ändern sollte."

Damit verabschiedeten sich die beiden Ermittler und gingen zurück zu ihrem Fahrzeug.
„Halten sie ihn für glaubwürdig, Neumann?", wollte Robert Markowitsch wissen.

„Ja", antwortete dieser. „Seine Aussage hörte sich für mich eher nach einem verliebten

Teenager an, als nach jemandem, der den Tod eines ungeliebten Mitschülers riskiert."

„Hm", überlegte der Kripochef ein wenig resigniert. „Angenommen sie haben Recht, dann wären wir kein großes Stück weitergekommen. Also zurück ins Kommissariat."

Doch Peter Neumann bremste die negative Stimmung von Robert Markowitsch. „Ich würde zuvor gerne noch diesem Richard Claasberg einen Besuch abstatten, wenn wir schon in Oettingen sind. Mich würde interessieren, was dieser geänderte Termin im Onlinekalender von Frau Luscovitcz bedeutet."

„Sie meinen das Treffen zwischen ihr und ihm?", fragte Markowitsch.

„Genau", sagte der Kriminaloberkommissar. „Mir ist bei mehreren Terminen von ihr aufgefallen, dass sie diese stets mit einem entweder lustigen, einem etwas bösartigen oder auch sarkastischen Beitrag kommentierte. Und der geänderte Termin mit Claasberg hatte die Notiz *Dann eben heute schon*."

„Das macht in der Tat etwas neugierig", stimmte Markowitsch zu. „Ich bin mir ziemlich sicher, dass sie ihr geliebtes Internet durchforstet haben, um brauchbare Informationen über Herrn Claasberg herauszufinden. Oder ist er gar in unserem System vorhanden?"

„Im Strafregister konnte ich nichts entdecken", antwortete Peter Neumann. Aber in seinem E-Mail-Account sind ältere Nachrichten zu finden, bei …"

„Moment mal, Neumann", unterbrach Robert Markowitsch seinen Kollegen. „Claasberg war bisher noch gar nicht relevant bei unseren Ermittlungen. Wieso hat Berger seine Daten beantragt?"

Der Kriminaloberkommissar schwieg einen Moment lang, bis Markowitsch ein Licht aufging. „Sie haben sich unerlaubt Zugang zu seinem Postfach besorgt? Sind sie denn von allen guten Geistern verlassen? Sie wissen doch ganz genau, was Frank Berger ihnen angedroht hat, sollten sie sich noch einmal illegal irgendwelche Daten besorgen."

„Ja, ich weiß", gab Peter Neumann nun kleinlaut zu. „Manchmal geht eben mein Diensteifer etwas mit mir durch. Ich kann meine Herkunft aus der IT vom BKA eben nicht verleugnen."

„Das wird unser Oberstaatsanwalt aber nicht als Ausrede gelten lassen, Neumann. Mann, Mann, Mann", schimpfte der Kriminalhauptkommissar, wobei er mit seiner Hand auf das Armaturenbrett schlug.

„Könnte man nicht auf Grund der gefundenen Terminnotizen von Frau Luscovitcz einen Antrag für die Dateneinsicht stellen?", machte Peter Neumann nun den Vorschlag.

„Ja, das könnten wir mit Sicherheit", kam die Antwort von Robert Markowitsch. Allerdings verlieren wir dann einen Tag, da die Daten dann ja erst offiziell ausgewertet werden müssten."

„Einen halben", meinte Peter Neumann. „Wenn sie den Antrag am Abend stellen und vielleicht auch noch gleich die Zusage erhalten, würde ich eine Nachtschicht im Homeoffice einlegen, dann hätten wir das bis zum darauffolgenden Morgen erledigt."

„Das wäre eine Möglichkeit", überlegte Markowitsch. „Ich hoffe nur, dass Berger mir das auch abnimmt. Irgendwann bringen sie mich noch in Teufels Küche, Neumann."

22. Kapitel

Frank Berger, der Augsburger Oberstaatsanwalt, war etwas ungehalten, dass seine beiden Ermittler den Besprechungstermin am nächsten Tag kurzfristig auf den Nachmittag verschoben hatten.

Immerhin war er am vergangenen Tag auch nicht untätig gewesen und hatte bei den Verantwortlichen der Brauerei einige Erkundigungen bezüglich der Zusammenarbeit zwischen Kristina Luscovitcz und Richard Claasberg eingeholt. Von dort hatte man ihm mitgeteilt, dass Herr Claasberg mit einem Vorschlag über eine Zusammenarbeit der Stadt Oettingen und der Brauerei auf sie zugekommen war. Generell sei man nicht abgeneigt gewesen. Da dieses Thema zunächst jedoch den Marketingbereich betraf, habe man ihn an die dafür zuständige, externe Mitarbeiterin verwiesen. Kristina Luscovitcz kam nach diesem Treffen mit einem interessanten Vorschlag. Dabei ging es um ein alkoholfreies Produkt, das in die neue Marke Oe integriert werden sollte.

Da man ja seit einiger Zeit dabei sei, diese auf einen Erfolgsweg zu bringen, wurde der Vorschlag umgehend aufgegriffen und umgesetzt. Dieser ganze Vorgang lief relativ zügig und reibungslos ab, wie man an der kurzen Zeitspanne ja sicher nachvollziehen konnte. Lediglich zum Produktnamen hätte es anfänglich einige Unstimmigkeiten zwischen den beiden Parteien gegeben.

Man war sich allerdings sicher, Herrn Claasberg ein zufriedenstellendes Angebot machen zu können. Zu diesen Gesprächen sei es jedoch auf Grund der schrecklichen Ereignisse bei der Präsentation letztendlich aber nicht mehr gekommen. Man würde nun erst einmal abwarten, bis der Tod von Frau Luscovitcz aufgeklärt sei.

Frank Berger erreichte die beiden Augsburger Kriminalbeamten schließlich am Vormittag per Telefon. Sie teilten ihm mit, dass sie sich gerade in Oettingen befinden. Die am Abend vorher erstellten Bewegungsprofile der Handys von Tim Anderberg und Kristina Luscovitcz hätten Hinweise aufgezeigt, die sich bei einer Befragung vor Ort am effektivsten klären ließen. In diesem Zusammenhang bat der Kriminalhauptkommissar den Oberstaatsanwalt darum, möglichst umgehend einen Beschluss zur Funkzellenabfrage für Richard Claasbergs Handy zu besorgen. Da Peter Neumann ja mobil arbeiten kann, würde er dies unmittelbar vor dem Besuch bei Herrn Claasberg durchführen.

Nachdem Frank Berger auf Grund der erläuterten Hinweise die Dringlichkeit in der Bitte von Robert Markowitsch erkannte, sagte er dieser auch zu. Als das Telefongespräch beendet war, ballte der Kriminaloberkommissar seine rechte Hand zur Faust und zeigte erleichtert mit einem erhobenen Daumen zu seinem Vorgesetzten.

„Sie wissen schon, Neumann, dass ich vor der Befragung von Richard Claasberg eine Einladung zum Mittagessen erwarte," antwortete der Kripochef mit einem bestimmten Lächeln, dem sein Mitarbeiter nichts entgegenzusetzen wusste. „Vor dem Tor habe ich vorhin eine Gaststätte gesehen, bei der die Fahnen der Brauerei hängen. Wenn wir schon hier in Oettingen sind, würde ich auch gerne die lokalen Spezialitäten probieren."

„Ihr Wunsch ist mir Befehl, Herr Hauptkommissar", meinte Peter Neumann und so steuerten die beiden Ermittler den Wagen wieder in Richtung Altstadt. Dort fanden sie einen freien Parkplatz unmittelbar vor dem Stadttor und beschlossen, das restliche Stück zu Fuß zurückzulegen.

Die Mittagspause fiel letztendlich auf Grund von Peter Neumanns Recherchearbeiten etwas länger aus, was man jedoch von Anfang an einkalkuliert hatte. Doch der Kriminaloberkommissar arbeitete schnell und gründlich, sodass er auch ein entsprechendes Ergebnis erzielen konnte. Robert Markowitsch zeigte sich mit diesem sehr zufrieden.

„Meinen herzlichen Dank für die Einladung, Herr Kollege", meinte er, nachdem dieser die Rechnung beglichen hatte.

„Das Mittagsschläfchen müssen wir leider ausfallen lassen, denn mich würde schon sehr interessieren, welche Erklärung Richard Claasberg zu seinem Bewegungsprofil abgeben kann."

23. Kapitel

Im Büro des Oettinger Bürgermeisters saß seit einer halben Stunde Richard Claasberg, der sich in aufgebrachter Stimmung befand.

„Ich kann nur zum wiederholten Male auf unsere vertraglichen Vereinbarungen hinweisen, Herr Claasberg", versuchte Frank Moritz seinen externen Berater zu beruhigen. „Sie haben die vereinbarte Abschlagszahlung für den zuletzt erfüllten Projektabschnitt erhalten. Eine entsprechende Provision kann ich ihnen, allerdings nur anteilsmäßig, erst bei erfolgreich steigenden Besucherzahlen in Oettingen zugestehen."

„Aber ich habe doch erreicht, was wir uns zum Ziel gesetzt hatten", gab Claasberg nochmals als Begründung für seine Forderung an. „Die Brauerei wirbt mit einem Produkt, das sich auf die Störche bezieht."

„Das schon", antwortete der Bürgermeister. „Jedoch basiert das neue Produkt auf einer internen Idee aus deren Marketingabteilung."

Jetzt wurde Richard Claasberg langsam ungehalten. Er beugte sich über den Schreibtisch von Frank Moritz und schlug krachend mit der Faust auf die Tischplatte, sodass ein sich darauf stehender Wimpel mit dem Stadtwappen umfiel.

„Pah, von wegen eine Idee der Marketingabteilung", blaffte er den Bürgermeister an. „Diese Luscovitcz hat mir diese Idee einfach geklaut, weil ich zu gutgläubig war. Während der erbetenen Bedenkzeit hat sie der Brauerei die Rechte gesichert und ich darf nun in die Röhre schauen."

„Haben sie irgendwelche handfesten Beweise, zum Beispiel eine schriftliche Vereinbarung zwischen ihnen, wodurch sie ihre Behauptungen belegen können?", fragte Frank Moritz nach.

„Nein, habe ich nicht", schimpfte Richard Claasberg erneut. „Ich sagte doch schon, dass ich ihr gegenüber einfach zu gutgläubig war."

„Tja, Herr Claasberg, dann muss ich ihnen diese Abschlagszahlung leider verweigern. So leid es mir auch tut." Das Oettinger Stadtoberhaupt hatte sich von seinem Platz hinter dem Schreibtisch erhoben und streckte seinem ungläubig dreinschauenden Gesprächspartner die Hand zur Verabschiedung entgegen. „Es hat mich trotzdem außerordentlich gefreut, mit ihnen zusammenzuarbeiten, wenn dies auch durch die fatalen Begleitumstände, die wir beide Gott sei Dank nicht zu verantworten haben, einen negativen Touch erhalten hat."

„Oh nein", wehrte Richard Claasberg ab. „So können sie nicht mit mir umgehen. Ich lasse mich nicht so billig abspeisen. Das wird noch ein Nachspiel haben, Herr Moritz, verlassen sie sich darauf."

Ein kurzes Klopfen an der Bürotür unterbrach den aufgebrachten Dialog. Einen Augenblick später erschien die Sekretärin des Bürgermeisters in der Tür und hinter ihr betraten Robert Markowitsch und Peter Neumann den Raum. Beide begrüßten die Anwesenden und die Sekretärin ließ die vier Männer allein.

„Es gehört sich zwar nicht, dass man von außen ein Gespräch belauscht, Herr Claasberg, allerdings war es bei ihrer Lautstärke auch nicht zu vermeiden", entschuldigte sich der Augsburger Kriminalhauptkommissar. „Es gibt leider noch einige Ungereimtheiten in Bezug auf die drei Todesfälle in den vergangenen Tagen."

„Wie sollte ich ihnen dabei weiterhelfen können?", fragte Richard Claasberg.

„Indem sie uns für eine Befragung nach Augsburg ins Polizeipräsidium begleiten, um uns einige Fragen zu ihrem Bewegungsprofil der letzten Tage zu beantworten", warf Peter Neumann ein. „Ich kann doch davon ausgehen, dass sie dies aus freien Stücken tun?"

Der Angesprochene schluckte schwer, bevor er meinte: „Hab ich denn eine Wahl?"

„Selbstverständlich", antwortete der Kriminaloberkommissar und zog ein paar Handschellen aus seinem Sakko. „Ich könnte sie auch mit diesen modischen, aber doch etwas unbequemen Armbändern ausstatten."

24. Kapitel

Die Flügeltüren zum Verhandlungssaal des Augsburger Landgerichts öffnete sich. Nacheinander traten ein Polizeibeamter, Richard Claasberg mit seinem Verteidiger und zuletzt nochmals zwei Polizeibeamte in den Raum und nahmen ihre Plätze ein. Die Stimmen der immer noch seit der Verhandlungsunterbrechung anwesenden Zuschauer wurden kurzzeitig lauter, verstummten jedoch sofort, als hinter dem Richtertisch eine Türe geöffnet wurde und die Richterin mit ihren beiden Schöffen den Saal betrat.

Nachdem die drei Personen ihre Plätze eingenommen hatten, setzten sich auf ein Handzeichen der Richterin auch alle anderen wieder. Richard Claasberg sah zu seinem Verteidiger, der ihm nun kurz zunickte. Er erhob sich wieder und erklärte sich mit leicht vibrierender Stimme dazu bereit, eine Aussage zu machen.

„Das kommt jetzt ein wenig überraschend, Herr Claasberg, nachdem sie während des bisherigen Prozesses beharrlich, ja beinahe stoisch geschwiegen haben. Aber gut, sie haben selbstverständlich das Recht des letzten Wortes."

„Es werden zwar viele Worte werden, aber ich möchte gerne die ganze Geschichte aus meiner Sicht erzählen", begann Richard Claasberg seine Erklärung.

„Als ich von der Stadt Oettingen bzw. dem Oettinger Bürgermeister die Anfrage erhielt, ein Konzept zur Steigerung des Tourismus zu entwerfen, war ich zunächst etwas überrascht. Doch Herr Moritz teilte mir mit, dass er von der Möglichkeit erfahren hatte, mittels KI-Software Analysen durchzuführen, um Effizienzsteigerung zu erreichen. So kam er durch Recherchen auf mich.

Wir einigten uns nach den ersten Gesprächen soweit, dass er mir einen Vertrag auf Erfolgsbasis anbot, der durch Abschlagszahlungen nach erfolgten Schritten beglichen werden sollte.

Mir wurde nach kurzer Zeit bereits klar, dass neben einem Konzept zur Belebung der Innenstadt noch irgendetwas Besonderes auf den Plan kommen musste. Das Potential, das die Vielzahl der Oettinger Störche bot, sah ich bei weitem noch nicht ausgeschöpft.

Ein Storchenpark wäre eine adäquate Lösung. Allerdings braucht es dafür entsprechende Voraussetzungen, die sowohl im Hinblick auf die benötigten Grundstücke, als auch die zu investierenden Mittel nicht im Handumdrehen bereitzustellen sind.

Wir kamen gemeinsam zu dem Entschluss, dass es am sinnvollsten wäre, bereits vorhandene Möglichkeiten mit neuen Ideen zu kombinieren. Für mich stand es außer Frage, dass eine Kooperation mit dem Brauhaus am ehesten den gewünschten Erfolg bringen würde. Eine Verbindung zwischen der Brauerei und den Störchen zu schaffen war ab da mein Ziel.

Da durch die Presse zu erfahren war, dass man sich breiter aufstellen und deshalb von der klassischen Bierbrauerei zum Getränkehersteller erweitern will, sah ich dort meine

Chance, den Tourismus der Stadt Oettingen anzukurbeln und ergebnisorientiert eine erfolgreiche Vertragsabwicklung für mich.

Man muss nur das Interesse der Bevölkerung wecken und auf die Dinge lenken, die einem wichtig sind."

„Aber was ergab das denn für einen Sinn, dass sie anfangs die Tiere töteten, die für die Zukunft Oettingens eine wichtige Rolle spielen sollten?", fragte die Richterin nach.

„Ich gebe zu", sprach Richard Claasberg weiter, „dass ich mir zu Beginn meiner Recherchen etwas Anderes zurechtgelegt hatte. Der plötzliche Tod mehrerer Störche, die ja irgendwie auch eine Art moderner Kultstatus in Oettingen darstellen, hätte sicherlich eine ganze Anzahl an Neugierigen nach Oettingen gelockt. Doch leider hat das Schicksal in diesem Fall grausamere Wege beschritten.

Als ich damals in den frühen Morgenstunden unterwegs war, um nach einem passenden Storch Ausschau zu halten, kam ich am Grundstück des Oettinger Bauhofs vorbei. Im ersten Moment glaubte ich meinen Augen nicht zu trauen, als ich die junge Frau auf dem Dach dieses Streusalzsilos stehen sah. Bevor ich auch nur die geringste Möglichkeit bekam, die Situation richtig einzuschätzen, stürzte sie bereits herunter. Ich war zunächst starr vor Schreck, kletterte über die Absperrung, um der Frau zu helfen. Ich sah jedoch, dass für sie jede Hilfe zu spät kommen würde. Weshalb ich dann instinktiv das Handy der Toten eingesteckt habe, kann ich mir im Nachhinein nicht erklären. Am Tag darauf habe ich jedoch auf der Speicherkarte etwas entdeckt, das mir möglicherweise noch in Zukunft nützlich sein könnte. Mir wurde klar, dass die Frau zu der Gymnasialklasse gehörte, die an unserem Wettbewerb für die Oettinger Störche teilnehmen sollte."

„Sie sprechen von den Videos, die Lea Krasser in den Selbstmord getrieben haben?", kam eine erneute Zwischenfrage der Vorsitzenden.

„Das ist richtig", stimmte Richard Claasberg der Richterin zu. „Mir kam nämlich mit einem Mal der Gedanke an meine Recherchen über die Presseartikel aus den letzten Jahren, welche die Stadt Oettingen betrafen. Dort war auch der Bericht über die Mitwirkung des Oettinger Schlosses als Schauplatz in einem Tatort aus München, dessen Kritiken allerdings nicht besonders wohlwollend ausfielen. Manche hielten diesen Krimi gar für langweilig, einen Reinfall. In dem Moment, als ich mir die mögliche Tragweite dieses Selbstmordes ausmalte, da sagte ich mir: Das kannst du besser.

Nur würden ein paar tote Störche und der Selbstmord einer Gymnasiastin nicht genügend Stoff für einen Film bieten. Also versuchte ich herauszufinden, wer noch alles in diese Geschichte involviert war. Und auch diesmal kam mir der Zufall zur Hilfe. Als ich nämlich mit dem Rad unterwegs war, um einen weiteren Storch zu beseitigen, kam ich an diesem Platz vorbei, an dem einige Touristen ihren Wohnwagen abgestellt hatten.

Etwas abseits davon stand ein Sportwagen, an dem sich zwei junge Männer scheinbar über irgendetwas gestritten haben. Ich erkannte dabei auf Grund der Videos vom Handy der Toten, dass mindestens einer der beiden mit der Geschichte zu tun haben musste. Ich wollte meinem Vorhaben mit den Störchen eine weitere Option hinzufügen, indem ich den Kadaver des Storches möglichst unauffällig im Auto des Mannes deponierte. Der Zufall hat mich wiederum dabei unterstützt.

Der meiner Meinung nach Jüngere verließ den Platz, wurde aber von seinem Kontrahenten verfolgt und von diesem mit dem Handy gefilmt. Ich sah dies als meine Chance an und näherte mich unauffällig dem Fahrzeug. Dort nahm ich die Tasche mit dem Storchenkadaver, um diesen ins Auto zu legen. Nachdem ich das tote Tier also auf dem Rücksitz platziert hatte, legte ich die Tasche wieder zusammen, um diese mitzunehmen. Als ich dabei zwei Schritte zurückging, hörte ich plötzlich ein wütendes Schimpfen hinter mir. Der Fahrer des Wagens musste mich wohl bemerkt haben, stand mit seinem Handy hinter mir und schien mich zu filmen.

Sie können sich vorstellen, dass in dieser Situation keine andere Möglichkeit hatte, als ihm das Gerät abzunehmen. Da er mir jedoch körperlich zumindest ebenbürtig schien, kam es zu einer kurzen Auseinandersetzung, in deren Folge mein Gegenüber ins Stolpern geriet, sich zunächst den Kopf an der Autotür anstieß und schließlich rückwärts auf den Einstieg knallte. So, wie er anschließend mit verdrehten Augen dalag, war mir klar, dass er nicht mehr lebte. Zur Sicherheit nahm ich das Handy an mich, um später, nach meinem Treffen mit Frau Luscovitcz, die Aufnahme von mir zu löschen. Der vorangegangene Streit zwischen den beiden Männern hätte mich vielleicht im Zweifelsfall entlastet."

Der Geräuschpegel im Gerichtssaal stieg merklich an, als der Angeklagte beinahe leidenschaftslos die Vorgänge bis dahin geschildert hatte. Die vorsitzende Richterin bat um Ruhe, damit Richard Claasberg, der ja nun zweifelsfrei dabei war, ein Geständnis abzulegen, weitersprechen konnte.

„Ich hatte auf dem anschließenden Weg zur Brauerei schon einige Eckpunkte für ein eventuelles Drehbuch im Kopf, denn die Geschichte würde durch den unglücklichen Tod des jungen Mannes wohl noch spannender werden. Dass mich Frau Luscovitcz etwas später vor vollendete Tatsachen stellte, indem sie mir mitteilte, dass man das Projekt Storchenblut bereits ohne meine Beteiligung in trockenen Tüchern hätte, bestärkte mich schlussendlich in meinem Vorhaben, durch ihren Tod Oettingen überregional bekanntzumachen. Die Verfilmung der Geschehnisse wird dem Tourismus der Stadt zu einem Aufschwung zu verhelfen. Ich habe damit meinen Teil des Vertrags mit Herrn Moritz erfüllt und er wird anschließend seinen Teil erfüllen, was mir das Verbüßen der nun sicherlich anstehenden Haftstrafe erleichtern wird.

Ende

Einzelne Textstellen der Geschichte beziehen sich auf öffentliche Informationen der folgenden Webseiten:

- https://www.24rhein.de/welt/wirtschaft/aldi-oettinger-proteinbier-uebernahme-tv-joy-braeu-startup-brauerei-hoehle-loewen-probleme-druck-krise-92802287.html

- https://www.br.de/nachrichten/bayern/functional-drinks-statt-feierabendbier-oettinger-geht-neue-wege,Tx5TunB

- https://getraenke-news.de/oettinger-launcht-protein-wasser/

- https://gelenk-klinik.de/fuss/charcot-marie-tooth.html#:~:text=Die%20Atrophie%20(Muskelschwund)%20der%20fu%C3%9Fnahen,tritt%20oft%20beidseits%20symmetrisch%20auf.

Auf den folgenden Seiten finden sie weitere
Taschenbücher von Günter Schäfer

296 Seiten   11,90 €
ISBN-13:   9783746014555

208 Seiten   12,90 €
ISBN-13:   978-3837054163

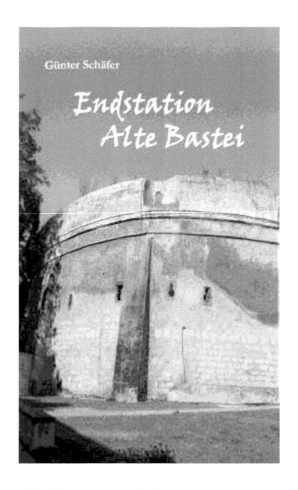

204 Seiten   12,50 €
ISBN-13:   978-3848225644

204 Seiten   12,50 €
ISBN-13:   978-3732285112

136 Seiten   8,90 €
ISBN-13:   978-3842384118

160 Seiten   9,90 €
ISBN-13:   978-3831149100

Günter Schäfer

DER HENKER
von Nördlingen

Ein Krimi aus der Riesmetropole

228 Seiten   9,90 €
ISBN-13:   978-3738650006

548 Seiten   22,50 €
ISBN-13:   978-3738650181

220 Seiten   9,90€
ISBN-13:   9783743192447

Günter Schäfer

Die Tote vom Mangoldfelsen

Ein Donau-Ries Krimi

208 Seiten   9,90 €
ISBN-13:   9783750408906